www.danielmorawek.de

DANIEL MORAWEK

PAUL SUCHT EINE FRAU

ROMAN

Auflage 2 | Januar 2013

Hinter der Kirche 5, 68535 Edingen-Neckarhausen

Herstellung und Druck:
Siehe Eindruck auf der letzten Seite

Covergestaltung und Fotografien:
Daniel Morawek

ISBN-13: 978-1481206792
ISBN-10: 1481206796

Über das Buch

Paul ist Ende 20, in Topform und er hat ein großes Problem. Nicht, dass er im Rollstuhl sitzt. Nein viel schlimmer: Er ist schüchtern. Wenn er einer schönen Frau gegenübersteht, bekommt er keinen Ton raus.

Als ihm ein Freund erzählt, dass sich viele Krankenpflegerinnen in ihre Patienten verlieben, glaubt er eine Lösung für sein Problem zu haben. Doch mit der schönen Lara wird sein Leben erst richtig kompliziert.

Der Autor

Daniel Morawek, Jahrgang 1981, lebt und arbeitet in Mannheim. Morawek ist freischaffender Drehbuchautor, Filmemacher und veröffentlicht Romane und Krimis.

Auszeichnungen: 2004 David-Award als bester Newcomer für den Film »Caffe della Vita«. 2008 Gewinner des Autorenwettbewerbs des Kehl Verlags. 2010 zweiter Sieger beim Mannheimer Heinrich-Vetter-Literaturpreis.

www.danielmorawek.de / info@danielmorawek.de

1.

Knallblaue Hoden, neonroter Penis – wenn es um die natürlichste Sache der Welt geht, kommen Grüne Meerkatzen gleich zum Thema.

Trifft einer dieser Affen in der weiten afrikanischen Steppe auf ein Weibchen, das seine Hormone in Schwingung bringt, reißt er die Beine auseinander und streckt stolz sein Gemächt hervor. Und mehr muss er auch nicht machen.

Sofort wird dem Weibchen schwindlig und es fällt zu Boden. Aber nur kurz, schnell steht es wieder auf und öffnet ihrerseits ihre Beine. Ganz einfach.

Paul atmet tief durch.

Gedanken sortieren! Er ist kein Affe, und er kämpft auch nicht in der Savanne. Er sitzt im *Café Knösel* in der Heidelberger Altstadt, vor ihm ein gemischter Eisbecher mit Schirmchen und die bezauberndste Kellnerin, die er jemals gesehen hat. Die schwarzen Haare zum kecken Pagenschnitt frisiert, die braunen Augen rund wie Glasmurmeln, auf dem Mund ein zartes Lächeln – kurzum: Die Kellnerin sieht aus wie Audrey Tautou in der fabelhaften Welt der Amélie.

Jetzt kommt Paul auch noch das Verhalten von Grünen Meerkatzen beim Kampf um den Platz als Alpha-Männchen in den Sinn und was sein Professor in der Vorlesung über das Penisvorzeigen der Meerkatzen als Machtmittel gesagt hat. Das Einzige, was ihm nicht einfällt, ist, wie er die Kellnerin ansprechen kann.

»Wie bitte?«

Die Kellnerin beugt sich jetzt zu ihm vor, und Paul bemerkt, dass sein Mund offen steht.

»Äh«, sagt er, und vermutet, dass er das eben schon mal gesagt hat – »äh!« – und dass die bezaubernde Amélie-Kopie ihn deshalb so irritiert ansieht.

»Machen Sie sich keine Sorgen!«, schaltet sich Nico in die Unterhaltung ein. »Mein Freund hier wird immer nervös, wenn er mit Frauen spricht.«

Nico sitzt neben ihm, trinkt schon mittags um drei Uhr einen Caipirinha mit Strohhalm, die Sonnenbrille lässig in die Haare geschoben. Und als wäre das nicht genug, fällt Nico ihm jetzt in den Rücken.

»Der Arme!« Die Kellnerin zwinkert Paul zu, wendet sich dann aber an Nico. »Gerade Frauen möchten, dass man viel mit ihnen redet.«

Nun ist es soweit, denkt Paul. Nun machen die beiden sich gemeinsam über ihn lustig.

»Keine Angst«, sagt Nico. »Mein Kumpel hat dieses Problem nur bei besonders gutaussehenden Frauen.«

Jetzt versteckt sich die Kellnerin hinter ihrem Tablett, das sie fest umklammert wie ein Schutzschild vor sich hält. Aber ganz klar: Sie wird rot. Wie macht Nico das nur?

»Dankeschön«, sagt sie leise.

Es entsteht ein Moment peinlicher Stille, in dem Nico die Kellnerin über beide Ohren anstrahlt, die Kellnerin nicht weiß, wo sie hinblicken soll, und Paul mit finsterer Miene zu Nico sieht. Dann fragt sie: »Warum habt ihr mich eigentlich gerufen?«

»Tja, Paul! Warum hast du sie eigentlich gerufen?«

Es macht Nico sichtlich Spaß ihn zu triezen. Dabei war es Nico, der die Kellnerin an den Tisch gerufen hat, nachdem Paul gegenüber seinem Freund lediglich eine klitzekleine Bemerkung über ihre Ähnlichkeit zu einer bekannten Filmfigur gemacht hat. Und vielleicht, ganz vielleicht, hat Paul bei der Gelegenheit auch erwähnt, wie reizend er den Film fand und dass er seit Jahren davon träumt, mit einem Mädchen auszugehen, das wie Amélie Poulain aussieht.

Und das war sein Fehler.

Jetzt sind alle Augenpaare auf Paul gerichtet. Er sammelt sich und öffnete den Mund. So schwer kann es nicht sein, eine Frau mit einem geistreichen Spruch zu beeindrucken. Nico schafft es doch auch. Wer weiß, wann Paul wieder eine Chance wie diese erhält. Was für eine Frau!

Paul nimmt all seinen Mut zusammen und spricht einfach drauf los, sagt, was ihm gerade in den Kopf kommt.

»Äh ---«

»Ist er nicht niedlich?«

* * *

Nachdem er gezahlt hat, löst Paul die Bremse an seinem Rollstuhl und begibt sich vor die Tür. Vor dem Café steht Jenny. Sie raucht und beobachtet Nico und die Kellnerin durch die Scheibe. Jenny ist Nicos Pflegerin, oder besser gesagt *Assistentin*, wie die ambulanten Pflegedienste das neuerdings nennen.

»Und? Macht er sich wieder bei einer Alten zum Affen?«, fragt Jenny, die Kippe im Mundwinkel. Von allen seinen Assistenten und Assistentinnen passt Jenny am besten zu Nico, findet Paul. Sie hat kurzgeschnittene Haare, einen Nasenring und trägt ebenso wie Nico eine überdimensionierte Sonnenbrille.

Paul zuckt mit den Achseln.

»Wenn ich ihm nicht helfe, dann kriegt der eh nix gebacken«, sagt Jenny. »Auch nicht mit den Weibern.«

»Bei dieser Kellnerin hilfst du ihm bitte nicht«, sagt Paul.

»Wieso? Bist du scharf auf die?«

Jenny lacht, aber als sie merkt, dass Paul nicht mitlacht – wie könnte er auch! – verstummt sie. Und Paul blickt zu Boden. Dann verabschiedet er sich und setzt seinen Rollstuhl in Bewegung.

»Gehst du nicht mehr mit uns feiern?«, ruft Jenny ihm hinterher, aber Paul schüttelt nur den Kopf.

Das Kopfsteinpflaster in der Hauptstraße stört ihn schon lange nicht mehr. Trotzdem kommt er schneller voran, als er nach ein paar Minuten die Altstadt hinter sich lässt und den Bismarckplatz überquert – hier gibt es einfach weniger Touristen pro Quadratmeter.

Wenn er nur wüsste, wie er die Sache mit der Kellnerin wieder gut machen kann? Er kennt nicht mal ihren Namen. Selbst wenn er morgen wieder in das Café geht, und übermorgen, und nächste Woche. Dann traut er sich trotzdem nicht, sie anzusprechen. Soll er sich damit zufriedengeben, sie einfach nur anzusehen? Als stiller Bewunderer in ihre Schönheit einzutauchen? Aber das kann es doch nicht sein. Er braucht einen Plan, wie er sie erobern kann. Aber wie?

Paul überquert die Ampel zur Bergheimer Straße und fährt noch gut einen halben Kilometer weiter. Dann steht er vor einem grauen Achtziger-Jahre-Bau, der aus architektonischer Sicht wenig Heidelberger Romantik versprüht. Dafür mit einem geräumigen Aufzug und breiten

Türrahmen in den Wohnungen.

Pauls Zwei-Zimmer-Studentenbude befindet sich im dritten Stock. Als er in der Wohnung ankommt, holt er sich eine Packung Tiefkühl-Lasagne aus dem Gefrierfach und wärmt sie in der Mikrowelle auf. Nach dem Essen greift er sich den großen Akkustaubsauger neben dem Kühlschrank und saugt die Wohnung. Das Resultat der Reine-Mach-Aktion sieht ganz gut aus, wie er findet.

Fünf Minuten später klingelt sein Smartphone.

»Ich wollte dich nur erinnern, dass wir am Wochenende zu Besuch kommen.«

»Ich weiß, Mama.«

Natürlich hat er das nicht vergessen. Wie könnte er auch?

»Was wünschst du dir denn zu essen?«

»Ihr braucht nichts mitbringen. Wenn ihr zu mir kommt, dann seid ihr die Gäste.«

»Ha«, seine Mutter lacht. »Frikadellen magst du doch so gerne. Ich bringe ein paar selbstgemachte mit. Und Nudelsalat.«

Unnötig, dagegen zu protestieren.

»Ich bringe auch meinen Staubsauger mit.«

»Das ist wirklich nicht ---«

»Nicht, dass du irgendwann in deinem eigenen Dreck erstickst.«

»Mama. Ich wohne seit über fünf Jahren in einer eigenen Wohnung. Bisher habe ich es ganz gut überstanden.«

»Wenn du nur bei uns geblieben wärst! Dann könnten wir uns doch viel besser um dich kümmern. Hätte ich wenigstens einen Führerschein, dann könnte ich dich auch unter der Woche mal besuchen.«

Paul atmet tief durch. Eigentlich sind die heutigen Konversationsthemen seiner Mutter halb so schlimm. Nach seiner Reha-Zeit im Odenwald und Heidelberg hatte er sich entschlossen, nicht mehr zu seinen Eltern in die Pfalz zurückzukehren und stattdessen hier zu studieren. Er hatte sich in die Stadt am Neckar verliebt, wie so viele Rollstuhlfahrer vor ihm. Die Freizeitangebote sind gut, auch mit Behinderung. Und studieren kann man hier so ziemlich alles. Nur eine Wohnung zu finden ist schwer, vor allem, wenn die eigenen vier Wände barrierefrei sein müssen.

Doch er hat es geschafft, auch wenn seine Mutter die ersten vier Wochen bei ihm eingezogen ist, um sicherzugehen, dass auch wirklich alles gut geht. Was Paul in diesen Wochen gelernt hat: Mütter können ihre Söhne schlecht gehen lassen. Wenn die Söhne Rollstuhlfahrer sind, und die Mütter nun in der Lage sind sich einzureden, dass ihre Söhne absolut hilfsbedürftig sind und ohne sie keine fünf Minuten überleben könnten, ist der Mutterkomplex noch schlimmer ausgeprägt.

»Es ist nicht so, dass ich komplett gelähmt wäre, Mama«, sagt Paul ins Telefon.

»Du brauchst mir nicht wieder den tapferen Jungen vorspielen. Ich kenne deinen Befund. Du bist Tetraplegiker – ja, siehst du, mittlerweile habe ich mir sogar den Fachbegriff gemerkt. Tetraplegiker, das sind Menschen, die an allen vier Gliedmaßen gelähmt sind. So sieht es nämlich aus.«

Die an allen vier Gliedmaßen von Lähmungen *betroffen* sind, denkt Paul. Das ist ein nicht unwesentlicher Unterschied.

»Es könnte viel schlimmer sein, das weißt du auch.

Wenn meine Lähmung nicht unterhalb des siebten Halswirbels liegen würde, sondern höher.«

Er kann seine Arme noch gut bewegen. Auch sein Trizeps ist ihm geblieben, wodurch er ohne Probleme selbst aus seinem Rollstuhl übersetzen kann. Nur die Fingerfunktionen sind stark eingeschränkt. Er kann die Fingerglieder nicht mehr richtig strecken oder spreizen und nur mühsam greifen. Aber um einen Akkustaubsauger zu halten, reicht es.

»Jetzt willst du deinen Unfall auch noch schön reden«, sagt die Mutter. Dann verstummt sie. Scheinbar ist ihr die Luft weggeblieben.

Paul hätte es besser wissen müssen: Mit Widerspruch und medizinischen Details kam er bei seiner Mutter noch nie weiter.

»Ich freue mich auf Samstag. Und grüß Papa von mir«, sagt er, bevor sie ein neues Thema aufgreifen kann.

Als sie aufgelegt hat, sagt er sich, dass er ruhig bleiben muss. Vielleicht benimmt sie sich diesen Samstag und er übersteht den Besuch ohne einen Nervenzusammenbruch zu erleiden.

Paul geht ins Wohnzimmer und sortiert noch ein paar Minuten lang Fotos, die er gestern von den Grünen Meerkatzen im Zoo geschossen hat, und liest einen zoologischen Fachartikel. Dann merkt er, dass er heute nicht in der Verfassung ist, um an seiner Doktorarbeit weiterzuarbeiten und geht früh zu Bett.

Nach dem Zähneputzen zieht er die Hose ein kleines Stück herunter und desinfiziert den Harnröhreneingang und danach seine Hände. Dann reißt er die Plastikverpackung des Einmalkatheters auf und führt ihn ein. Früher hat Paul eine zeitlang die Klopf-Methode ausprobiert, bei der er auf die Blase schlug, bis der Urin von selbst abfloss. Der Gedanke, ein Röhrchen in seine Harnröhre einzuführen, das den Urinfluss auslöst, fand Paul anfänglich wenig berauschend. Aber nachdem er es einmal ausprobiert hat, wurde ihm schnell klar, dass es so viel einfacher geht. Und überhaupt nicht wehtut.

Paul verrichtet sein Geschäft. Dann entleert er seinen Urinbeutel in der Kloschüssel und verlässt das Badezimmer. In der Schlafzimmer-Ecke – vom Wohn- und Arbeitsbereich durch ein Expedit-Regal von Ikea getrennt – legt Paul sich zuerst neue Kleidungsstücke für den nächsten Tag auf den Hocker, der neben dem Bett steht. Dann hievt er sich mit gekonnten Bewegungen aus dem Rollstuhl auf die Bettkante. Er drückt sich mit den Armen hoch und stemmt dann seinen Oberkörper zur Seite, um in die Mitte des Bettes zu rutschen. Paul streift sich seine Kleidungsstücke ab – lediglich die Unterhose behält er an – faltet sie ordentlich zusammen, wirft sie dann aber doch recht unachtsam auf den Boden neben das Bett. Schließlich zieht er sich das Batman-T-Shirt über, das er zum Schlafen trägt, und breitet die Bettdecke über seinen Beinen aus.

Er greift sich die Fernbedienung vom Nachtisch und schaltet den neuen 32-Zoll-Plasma-Fernseher an, den er genau gegenüber des Bettes hat anbringen lassen. Vom Nachtisch nimmt Paul die ungeöffnete Packung Chips, die dort seit zwei Tagen liegt. Mit den Fingern lässt sie sich nicht öffnen, also reißt er sie mit den Zähnen auf.

Im Fernsehen laufen nur Reality-Soaps und schlechte TV-Krimis, deshalb sieht er sich die Wiederholung einer alten Raumschiff-Enterprise-Episode an, die ihn aber nicht in ihren Bann ziehen kann. Paul muss an Nico denken und natürlich an die schöne Kellnerin. Eigentlich sucht er einfach eine Frau, mit der er alt werden kann. Die große Liebe und so. Ist denn das zuviel verlangt? Tja – denkt er – solange er es nicht einmal fertigbringt eine schöne Frau anzusprechen, schon.

Vielleicht sollte er sich nicht auf Worte verlassen, wenn er sie das nächste Mal wiedersieht. Warum nicht einfach Taten sprechen lassen? Die Grünen Meerkatzen machen das auch nicht anders.

Paul schaltet den Fernseher aus und legt sich hin. Im Dämmerzustand sieht er vor seinem inneren Auge die weite Savanne Afrikas aufziehen. Im goldgelben Licht der Abenddämmerung erscheint die bezauberndste Affendame, die er je gesehen hat. Er reißt sich die Hose vom Leib und brüllt unverständliche Brunftlaute. Die Dame fällt in Ohnmacht, aber dann steht sie wieder auf und rennt auf ihn zu.

In diesem Moment taucht ein weiterer Affe auf. Mit einer Sonnenbrille auf dem Kopf.

»Mein Weibchen«, brüllt er und schlägt sich dabei auf die Brust.

Was!, denkt Paul. So nicht! Er reckt sein stolz gefärbtes Gemächt in die Höhe. Diesmal fallen beide ehrfürchtig in Ohnmacht – die Affendame und der zweite Affe.

Ja, denkt Paul, bevor er endlich in einen traumlosen Schlaf fällt. So könnte es klappen.

2.

»Auf den Mann!«

»Der macht sich doch schon in die Hose!«

»Den machst du fertig!«

Paul hält den Rollstuhl an und sieht geradeaus. Harry rast mit seinen gesammelten 180 Pfund Lebendgewicht – Rollstuhl nicht eingerechnet – auf ihn zu. Soll er ausweichen? Dann würde Paul direkt den anderen Verteidigern vor die Füße rollen. Nein, das will Harry doch nur, dass er klein beigibt und in die Falle läuft.

Paul hat eine andere Idee. Er beschleunigt nun selbst seinen Rollstuhl und geht auf Kollisionskurs.

Es dauert nur ein paar Sekunden, dann knallt Blech auf Blech. Pauls Rollstuhl wird rechts zur Seite geschleudert, kippt nach links um und er rutscht über den Hallenboden.

Aber er hat es geschafft, den Ball in der letzten Sekunde an Nico zu passen, der über die Torlinie rollt, noch bevor jemand abpfeifen kann.

Paul hört ein kurzes erschrockenes Aufatmen der Assistenten am Spielfeldrand. Die Fußgänger werden es wohl nie lernen. Warum heißt der Sport Rollstuhl-Rugby, wenn man es nicht ordentlich krachen lässt? Solange er nicht auf den Kopf fällt, wenn er umgefahren wird, ist alles in Ordnung.

Dem erschrockenen Aufatmen folgt Gelächter und Applaus seiner Teamkollegen. So viel Einsatz bei einem kleinen Spielchen am Ende des wöchentlichen Trainings verdient Anerkennung. Auch Harry schlägt mit der Faust auf die verchromte Radkappe seines Sportrollstuhls. Dann hilft er Paul auf.

»Nicht übel. Für'n Warmduscher wie dich.«

Drei Minuten später lässt sich zuerst Nico auswechseln, dann folgt Paul seinem Kumpel auf die Ersatzbank. Er greift zu einem Handtuch und tupft sich den Schweiß von der Stirn. Nico trinkt aus einer Sportflasche, die ihm Jenny reicht.

»Hast du dich gestern noch lang mit der Kellnerin unterhalten?«, fragt Paul.

Jenny nimmt Nico die Flasche ab. Dann setzt sie sich wieder auf ihren Platz auf einer Bank, ein paar Meter abseits und greift zu einem Buch.

»Du meinst Sandra? Ein paar Minuten. Nettes Mädchen«, sagt Nico.

Sandra! Das ist doch schon mal was. Nun kann er seine Träume wenigstens mit einem Namen füllen. Aber bei Träumen soll es nicht bleiben.

Also fragt er: »Äh, du, vielleicht könntest du mir ja helfen. Das nächste Mal, wenn wir dort sind. Mir ein paar Tipps geben, wie ich sie ansprechen kann.«

»Ne, du«, sagt Nico. »Das lassen wir mal lieber.«

»Wir sind doch Freunde.«

»Ja. Aber seien wir doch ehrlich. Die Chemie zwischen dir und ihr, das hat doch überhaupt nicht gefunkt.«

»Ich hatte halt keine Gelegenheit, um ---«

»Klar. Aber weißt du, Sandra hat mir ihre Handynummer gegeben.«

»Wozu denn?«, fragt Paul, und dann, aufs Spielfeld: »Auf den Mann! Den Mann! Ramm ihn!«

Paul wendet sich wieder zu Nico. »Die war mein Typ.«

»Verständlich. Ist wirklich eine Hammerbraut. Was meinst du, Alter? Soll ich die anrufen? Am besten lade ich sie ein, dabei zu sein, wenn ich mich am

Wochenende ins Nachtleben stürze.«

»Sag mal, hörst du mir überhaupt zu!«

»Klar. Aber jetzt freu dich doch auch mal für mich. Und keine Angst: Für dein Frauenproblem finden wir auch noch eine Lösung.«

Paul schweigt eine Minute. Als er sich wieder gefangen hat, sagt er zu Nico: »Ich dachte, du bist mit Frauen schon bestens versorgt.«

Nico sieht zu ihm herüber und Paul zeigt mit dem Kopf in Jennys Richtung.

»Wie? Jenny?« Nico lacht. »Alter, du denkst wohl ich hab's nötig. Viel zu aufmüpfig.«

Er lacht jetzt noch lauter, doch dann verstummt er.

»Sag mal! Alter --- Das ist es doch!« Er stupst Paul mit seiner Hand an.

»Was denn?«, fragt Paul irritiert.

Wieder einmal kann er seinem besten Freund nicht folgen. Aber da ist ein Funkeln in Nicos Augen, das er nur zu gut kennt. Ein untrügliches Zeichen dafür, dass Nico gerade eine seiner wöchentlichen Schnapsideen hat.

»Mir ist eben die Lösung für dein Frauenproblem eingefallen.«

»Was für ein Problem? Ich hab kein Problem mit Frauen«, sagt Paul trotzig. »Ich hab ein Problem mit Freunden, die mir in den Rücken fallen.«

»Verarsch mich nicht, Alter. Ich bin dein Kumpel. Mir kannste nichts vormachen. Du bist schüchtern wie Forrest Gump.«

»Stimmt nicht.«

»Von wegen. So kriegst du nie eine Freundin.«

»Vielleicht will ich ja gar keine Freundin.«

»Guter Witz«, sagt Nico. Er lehnt sich zurück und lächelt. »Dabei siehst du nicht mal schlecht aus.«

»Ach, hör auf.«

»Na, doch. Du hast ja sogar ein paar Muckis übrig. Bist groß und hast blaue Augen. Das finden die Mädels bestimmt super. Sollen wir mal Jenny fragen, wie sie deinen Body bewertet?«

»Nein.«

Sie schweigen sich eine Minute an. Dann hält es Paul nicht mehr aus.

»Und? Was wäre dann deine Lösung für mich?«

»Du musst dir eine Assistenz zulegen.«

»Danke. Ich kann sehr gut alleine aufs Klo gehen. Immerhin das geht noch.«

»Mann, Mann, Mann.«

Nico schüttelt den Kopf.

»Wie kannst du nur so schwer von Begriff sein? Ist doch Wurst, ob du die Assistenz brauchst oder nicht. Aber dafür hättest du dann endlich mal eine realistische Chance zum Schuss zu kommen.«

»Wovon redest du überhaupt?«

»Alter! Weißt du eigentlich, wie viele Rollifahrer die Krankenschwestern heiraten, die sie pflegen? Sieh dir nur mal Harry an!«

Sie blicken aufs Spielfeld. Harry fährt gerade an den Spielfeldrand auf der gegenüberliegenden Hallenseite. Sein Kopf ist mittlerweile rot angelaufen vom vielen Herumschreien, was seinen kahlrasierten Schädel ein bisschen wie eine vollreife Tomate aussehen lässt.

»Wasser!«, brüllt Harry. Sofort springt eine Frau auf und reicht ihm eine Flasche. Maria ist gut zehn Jahre jünger als Harry, sieht wirklich gut aus und ist eine herzensgute Seele. Nur, warum sie Harry geheiratet hat, das hat Paul noch nie verstehen können.

»Das ist der Mutterkomplex«, sagt Nico. »Den haben alle Krankenschwestern. Ist denen angeboren.«

Paul kratzt sich am Kopf.

»Sieh mal«, fährt Nico fort, nun in einem Tonfall, der Paul an seinen Klassenlehrer in der Grundschule erinnert. »Es ist eigentlich ganz einfach, wenn du eine Freundin willst. Melde dich bei der Krankenkasse, damit sie deine Pflegestufe neu prüfen, und dann spielst du ihnen einfach den Vollkrüppel vor. Dann lässt du dir eine junge Assistentin vermitteln. Eine mit ordentlich Holz vor der Hütte.«

»Was? Kommt nicht infrage.«

»Wieso? Stehst du eher auf knochige Models?«

»Ich kann die Krankenkasse nicht bescheißen!«

»Ach was! Macht doch jeder. Wenn du Geld von denen willst, kannst du dich nicht von deiner besten Seite zeigen. Sonst zahlen die gar nix.«

»Aber das bringt doch alles nichts!«

»Von wegen. Wenn du eine heiße Assistentin hast, die den ganzen Tag um dich herumhüpft, dann klappt das irgendwann sogar bei dir, dass du mit ihr reden kannst. Vertrau mir. Wenn man erst mal die Sanitärhygiene miteinander teilt, dann hat man keine Geheimnisse mehr voreinander.«

Paul weiß nicht, was er sagen soll. Diesmal hat Nico ganz offensichtlich den Verstand verloren.

»Du musst ja nicht gleich 'ne Rund-um-die-Uhr-Betreuung rausschlagen. Ein paar Stunden am Tag reichen für den Anfang.«

»Du hast den Verstand verloren!«

»Denk drüber nach. *Ich* traue mich auch im echten Leben Frauen anzusprechen. *Du* bist ein hoffnungsloser Fall.«

»Auswechseln!« Harry kommt angeschossen und lässt sich von Nico auf dem Feld ablösen.

Paul hat wenig Lust, die Diskussion mit Harry fortzuführen. Also schweigt er und blickt stattdessen zu Jenny. Der guten Seele in Nicos Leben.

Als Harry ihn von der Seite anspricht, fährt Paul zusammen. »Von der würdest du dich auch gerne mal ins Bett bringen lassen, was?«

* * *

»Und? Über meine Idee nachgedacht?«

»Lass gut sein.«

»Wenn du nett fragst, helf' ich dir sogar, dich auf den Besuch der Krankenkasse vorzubereiten.«

»Hau ab.«

Paul steht vor der Sporthalle und sortiert die Sportklamotten in seiner Tasche auf dem Schoß. Nico ist neben ihm zum Stehen gekommen und kramt in seinem Rucksack.

»Ich mein ja nur. Verdammte Scheiße, wo hab ich nur mein Handy gelassen?«

»Was würdest du nur ohne mich machen?«

Es ist Jenny, die wie aus dem Nichts auftaucht und Nicos Handy unter dessen Rucksack hervorzieht. Wenige Sekunden später verlässt Harry die Sporthalle, zusammen mit seiner Frau.

»Na, ihr Schwuletten? Krault ihr euch gerade gegenseitig den Sack? Oder redet ihr mal wieder von Weibern? Ihr kriegt doch eh keine ab. Trainiert lieber mehr für das große Turnier. Das ist vielleicht meine letzte Chance auf eine Medaille. Wenn ihr mir das wieder versaut, dann reiß ich euch den Arsch auf.«

»Ja, ja«, sagt Nico. »Geht klar.«

Vielleicht war es doch ein Fehler, zur Altherren-Mannschaft zu wechseln, denkt Paul. Als er vor einem Jahr aus der zweiten Liga in die Regionalliga gewechselt ist, dachte er, er könne hier eine ruhige Kugel schieben. Einfach spielen, um Spaß zu haben, und trotzdem nicht komplett aus dem Training kommen, während er an seiner Doktorarbeit arbeitet. Eigentlich teilen diese Einstellung zum Sport auch fast alle seiner neuen Mannschaftskollegen. Nur Harry will es mit seinen 57 Jahren unbedingt noch mal der ganzen Welt beweisen. Warum auch immer.

Harry und seine Frau gehen weiter in Richtung Parkplatz und auch Nico verabschiedet sich.

Als Paul sich selbst in Bewegung setzt, beobachtet er Maria, die gerade damit beschäftigt ist, Harrys Rugby-Stuhl in den Kofferraum ihres gemeinsamen Busses zu hieven. Harry steht daneben und gibt Anweisungen.

»Meine Güte, stell dich doch nicht so an! Zuerst das Vorderrad! Ist doch logisch!«

Was für ein Drecksack, denkt Paul. Soll er dazwischen gehen? Paul will schon eindrehen und zu Harry fahren, als etwas Sonderbares passiert. Maria ist fertig mit dem Einladen und geht zu ihrem Mann, der mit einem Mal wie ausgewechselt ist. Mit verliebtem Blick, wie ein Teenager, strahlt er seine Frau an. Sie lächelt zurück. Dann setzt sie sich auf seinen Schoß und die beiden küssen sich.

»Oh, Mann«, murmelt Paul und fährt weiter.

Samstag.

Als Paul die Tür öffnet und in den Gang blickt, erkennt er seine Mutter zuerst gar nicht. So viele aufeinandergestapelte Schüsseln und Töpfe balanciert sie in ihren Händen, dass sie bis vor ihr Gesicht reichen.

Sein Vater steht daneben. Einen riesigen Staubsauger in der einen Hand und einen Putzeimer und einen Wischmopp in der anderen.

Sofort stellt die Mutter ihre gesammelten kulinarischen Werke zur Seite, um Paul minutenlang umarmen zu können. Sein Vater behält den Staubsauger hingegen in der Hand. Wie einen Schutzschild, wahrscheinlich damit er eine Ausrede hat, seinem Sohn nicht unnötig nahe kommen zu müssen.

Kaum hat die Mutter ihren Sohn losgelassen, fängt sie auch schon zu putzen an.

»Mama, das hat doch auch Zeit bis nach dem Essen. Ich hab Hunger.«

Doch von solchen Einwänden lässt sie sich nicht aufhalten. Bevor es einen Bissen gibt, feudelt sie eine Stunde lang durch die Wohnung. Paul und sein Vater sitzen unterdessen gemeinsam in der Küche und schweigen sich an. Bis der Vater anfängt, von seiner Arbeit bei der Versicherung zu erzählen.

»Bist du immer noch so wild auf deine Arbeit?«, fragt Paul, nur damit er auch etwas zu dem Gespräch beiträgt. »Willst du es nicht langsam ruhiger angehen lassen? In ein paar Jahren kannst du in Rente gehen.«

Der Vater fährt zusammen. »Erinnere mich nicht daran. Was hab ich dann noch vom Leben, wenn ich den ganzen Tag zu Hause sitze? Willst du, dass ich Alkoholiker werde?«

Und dann spricht er wieder von der letzten Vertreter-Versammlung, obwohl er sich denken könnte, dass Paul kein Wort versteht. Aber so geht das seit Pauls Unfall. Schon als Paul nach der Reha wieder für ein paar Wochen zu Hause war, um auf das Freiwerden seiner neuen Wohnung zu warten, hat der Vater angefangen, noch mehr zu arbeiten als je zuvor. So als wollte er seinem Sohn und der neuen Situation aus dem Weg gehen.

»Ich hatte doch schon sauber gemacht«, sagt Paul, als die Mutter zu ihnen kommt.

»Ja, ja. Wie ihr Männer sauber macht, das kenne ich.«

Sie essen endlich.

»Und schmeckt es, Junge?«

»Sehr gut.«

»Zum Glück ist dein Studium bald vorbei. Wenn du erst wieder zu uns kommst, dann kann ich jeden Tag für dich kochen.«

Okay, denkt Paul. Das ist jetzt der erste ernsthafte Versuch ihm den Tag zu versauen. Am besten nichts erwidern, weder zustimmen, noch widersprechen. Dann bleibt die Chance erhalten, dass er bis zum Nachtisch wieder gute Laune hat.

Die nächsten zwei Stunden wird das Thema tatsächlich nicht mehr aufgegriffen und sie unterhalten sich über den neuesten Tratsch aus der Pfalz. Paul würde gerne von seiner Doktorarbeit erzählen, aber er ist sich nicht sicher, ob sie seine Forschung ernst nehmen werden, also versucht er, auch dieses Thema zu umschiffen.

»Dein Vater und ich, wir verstehen gar nicht, warum

du eigentlich diese Doktorarbeit machst«, sagt seine Mutter plötzlich. »Du willst doch nur Lehrer werden.«

Nur Lehrer. Nicht von solchen Nebensächlichkeiten provozieren lassen, denkt Paul.

»Viele Gymnasiallehrer machen einen Doktor, Mama. Ich möchte eben auch einen Beitrag zur Forschung machen.«

»Ich hoffe, die Schulen zahlen dir mit dem Titel wenigstens mehr Gehalt.«

»Mama, darum geht es doch gar nicht.«

»Ach so. Na ja. Erst mal musst du sowieso eine Schule finden, die dich anstellt.«

Sie seufzt. Und Paul ebenso.

Die Eltern stehen schon in der Tür, um sich zu verabschieden, als die Mutter sagt: »Kennst du noch meine Freundin Annie? Sie wird gerade zum dritten Mal Großmutter.«

»Schön für Annie«, sagt Paul.

»Mir ist so etwas ja nicht vergönnt. Aber zum Glück habe ich so viele andere Dinge, an denen ich mich erfreuen kann.«

»Was soll das denn heißen?«, platzt es aus Paul heraus.

»Ach, Junge. Du weißt doch warum.«

So?, denkt Paul.

»Mama. Ich bin doch nicht impotent«, flüstert er.

»Oh«, sagt die Mutter und sieht zu Boden.

Was, oh? Hat sie das etwa nicht gewusst? Gefragt hat sie ihn bisher nie, das stimmt. Aber seit wann reden Eltern und Kinder auch offen über Sexualität? Das ändert sich auch im Rollstuhl nicht.

Vielleicht will sie mit »oh« auch sagen, dass sie sich

nicht vorstellen kann, dass Paul jemals eine Frau finden wird.

Wie dem auch sei, Pauls Wochenende ist ruiniert.

Den Staubsauger lässt ihm seine Mutter da.

* * *

»Wie ist das denn so? Den ganzen Tag zu sitzen?«

»Hat auch Vorteile«, sagt Nico.

»Ach ja?«

Die Studentin sieht ihn jetzt mit großen Augen an. Ebenso ihre zwei Freundinnen. Er nickt im Takt der Musik. Drei Mädels an einem Tisch. Ein guter Ersatz dafür, dass Sandra keine Zeit hat.

Nico sieht sich kurz um. Jenny bewegt sich ausgelassen auf der Tanzfläche. Neben ihr steht ein Kerl und tanzt sie an. Sie lässt es mit sich geschehen, zeigt aber auch nicht viel Interaktion.

»Ja, was denn nun?«, fragt die Studentin. »Was für Vorteile hat es, im Rollstuhl zu sitzen?«

Nico wendet sich ihr wieder zu.

»Ist doch klar. Denk nur mal an den Blickwinkel.«

»Versteh ich nicht.«

»Na, wenn ich im Sommer durch die Straßen ziehe. Dann sehe ich die Welt mit anderen Augen als die Fußgänger. Kapiert?«

Sie zuckt mit den Achseln. Eine ihrer Freundinnen kichert hinter vorgehaltener Hand, die andere nimmt einen Schluck aus ihrer Bierflasche.

»Jetzt denk doch mal nach. Der *Sommer* ---«

»Hä?«

»Na – kurze Röcke --- und ich im Rollstuhl. Was sehe

ich dann, wenn ich auf der Straße bin?«

»Hintern?«, schaltet sich die Freundin mit der Bierflasche ein.

»Na eben!«

In diesem Moment klingelt Nicos Handy, das er auf seinem Schoß liegen hat. *PAUL* steht auf dem Display.

»Sorry, Ladies. Ihr müsst mich mal für fünf Minuten entschuldigen. Notfall. Aber nicht weggehen.«

* * *

Paul sitzt seit zwei Stunden auf seinem Bett und sieht fern. Doch davon wird das Programm auch nicht besser. Kaum hat er beim Herumzappen die einzig wertvolle Sendung im Nachtprogramm gefunden, eine Dokumentation über Tierwelten in Afrika, sagt die Sprecherin auch schon etwas wie: »--- in der Paarungszeit bleibt kein Affe allein ---« Und Paul schaltet weiter. »Und das nächste Mal bei *Großstadtliebe* – werden Maren und ihre große Liebe Mike endlich zusammenkommen?« Paul schaltet weiter. »Bist du einsam? Wähle 0900 – sechs, sechs, sechs und versaute Stuten trösten dich.« Als die Sprecherin des Werbespotts ein Pferdewiehern imitiert, was wohl irgendwie sexy klingen soll, schaltet Paul den Fernseher aus. Er greift zu seinem Smartphone und wählt mit den Fingerspitzen Nicos Nummer.

Es klingelt ziemlich lang und Paul überlegt, ob zwei Uhr nachts vielleicht doch zu spät ist, um Nico anzurufen, doch dann nimmt dieser ab.

»Ich hoffe, es ist wichtig, ich hab gerade was am Laufen«, sagt Nico.

»Wie wär's mit *Hallo*?«

»Um zwei Uhr nachts!«

»Ganz schön laut bei dir. Bist du gerade in 'ner Fabrik?«

»Lustig. Ne. Heute ist Tanzabend in der *Halle02*. Trifft man viele Mädels, solltest du besser auch mal mitkommen. Bei der Lightshow sieht keiner, wenn du rot wirst. Warum rufst du an?«

»Ich hab nachgedacht.«

Paul atmet tief durch. Ist es wirklich richtig, was er hier macht? Ausgerechnet auf Nicos Plan eingehen? Einen eigenen hat er leider nicht. Paul muss ehrlich zu sich sein: Wenn er ohne Hilfe weiter nach einer Frau sucht, wird er sich auch weiterhin nur mit dem Sexleben afrikanischer Affenarten auskennen. Aber er kann nicht mehr länger alleine bleiben. Einsam in seinem Bett. Ohne ein Gegenüber, mit dem er sich austauschen kann. Nähe teilen. Und irgendwann doch noch Kunde bei 0900-Nummern werden.

»Vielleicht ist deine Idee doch nicht so schlecht. Mit der Assistentin für mich, meine ich ---«

»Na, siehst du --- hey Moment mal!«

»Was ist denn?«, fragt Paul.

»Hier saßen eben noch drei zuckersüße Schnitten. Scheiße. Jenny!«

»Wir können auch später noch mal telefonieren ---«

Aber Nico hat bereits aufgelegt.

3.

Martin blickt in den Kamerasucher und versucht nicht zu blinzeln.

Die Lampe, die hinter der Kamera steht, blendet ihn. Der gesamte Raum versinkt von seiner Sitzposition aus im Dunkel, nur die einsame Lichtquelle strahlt hell und rund, so als wäre eine Sonne mitten in seiner Küche aufgegangen.

»Was ist dein Ziel im Leben?«

Ihre Stimme kommt irgendwo aus dem dunklen Nichts. Er kann nicht genau ausmachen, wo sie steht. Wohin soll er nur schauen?

»Was?«

»Dein Ziel im Leben.«

»Keine Ahnung.«

»Jeder Mensch braucht ein Ziel im Leben.«

»Wieso?«

Er merkt, dass er anfängt, auf dem Barhocker hin und her zu rutschen, kann aber nichts dagegen machen.

»Man kann nicht nur so in den Tag hinein leben«, sagt sie.

»Mach ich auch nicht.«

»So?«

»Natürlich nicht. Ich arbeite hart, mache Karriere. Das weißt du doch.«

»Sprich mich nicht persönlich an. Stell dir vor, ich wäre gar nicht hier. Warum willst du Karriere machen?«

Er braucht einen Moment, um seine Gedanken zu sortieren.

»Damit es uns an nichts fehlt«, sagt er schließlich.

»Ist das alles? Geht es dir nur ums Materielle?«

»Ist das denn nichts?«

»Wenn du dauernd einsilbig antwortest, werden wir hier nie fertig.«

Er zuckt mit den Achseln.

»Überspringen wir die Frage«, sagt sie. »Was zeichnet dich als Menschen aus?«

»Können wir nicht einfach schlafen gehen? Ich muss früh raus.«

Sie antwortet nichts.

»Wir können auch ein paar Kerzen anmachen und eine von deinen Soul-Platten auflegen, wenn du willst ---«

»Warum kannst du nicht mal eine ganz einfache Frage beantworten?«

»Ist das jetzt auch für deinen Film?«

»Vielleicht.«

»Ich beantworte keine Fragen, weil ich eine Freundin habe, die eine ausgesprochene Nervensäge ist.«

Martin versucht zu lächeln, unsicher, ob es ihm gelingt. Er hört Schritte, Lara bewegt sich im Raum. Dann geht das Licht an. Es dauert einen Moment, bis sich seine Augen an die neuen Lichtverhältnisse gewöhnt haben. Sie kommt auf ihn zu, setzt sich auf seinen Schoß und legt ihre Arme um seinen Hals.

»Das ist wichtig für mich«, sagt sie.

»Ich bin nicht der Richtige für sowas.«

Lara seufzt.

»Warum suchst du dir nicht einfach einen normalen Job«, sagt Martin. »Es gibt so viele Möglichkeiten sich zu verwirklichen, auch kreativ, wenn du das unbedingt willst. Weshalb willst du ausgerechnet Filmemacherin werden?«

Der Blick, mit dem sie ihn jetzt ansieht, gefällt ihm

nicht. Schließlich schiebt er sie von seinem Schoß und erhebt sich.

»Wann machst du eigentlich das Regal fertig?«, fragt sie unvermittelt und zeigt auf das Holzregal aus dem Baumarkt zwischen Kühlschrank und Fenster. Erst zwei der Regalböden sind montiert, die Außenwände stehen schief zueinander. Irgendwo hat er irgendein Teil falsch montiert – auch die Schrauben haben nicht dorthin gepasst, wo sie seiner Meinung nach passen sollten. Die restlichen Bretter liegen wie ein Mahnmal seiner handwerklichen Unfähigkeit daneben.

»Das ist immer noch provisorisch abgestützt. Seit Wochen geht das so.«

»Ich muss jetzt wirklich schlafen gehen«, sagt er. »Ich habe morgen früh um neun Uhr ein Meeting mit den Produktmanagern und ich muss vorher noch mal die Absatzzahlen fürs letzte Quartal durchgehen.«

Irgendwann wird er sich um das Regal kümmern. Natürlich. In den nächsten Tagen bestimmt. Aber heute nicht mehr.

Lara schaltet die Filmleuchte ab und verlässt noch vor ihm das Zimmer. Während sie durch den Flur geht, meint er noch, sie murmeln zu hören: »Was bist du nur für ein Mann.«

* * *

Sie sitzt am Videoschnittplatz und sichtet das Material der letzten Tage. Lara ist vertieft in ihre Arbeit und merkt erst, dass jemand in den Raum gekommen ist, als sich eine Dunstwolke über sie legt. Henrike.

»Du weißt schon, dass Rauchen hier verboten ist?«,

sagt Lara, ohne vom Bildschirm aufzusehen.

»Süße, ich leite diesen Laden. Und? Wie läuft dein Projekt?«

»Langsam weiß ich nicht mehr, was ich machen soll. Martin macht nicht mit. Dabei weiß er doch, was dieser Film für mich bedeutet.«

»Seien wir ehrlich«, sagt Henrike. »Ein Dokumentarfilm über Martin zu drehen ist so aufregend wie eine Wurzelbehandlung.«

Lara wendet sich zu ihr um. Die Leiterin des Medienforums lehnt an einem Schreibtisch, die Kaffeetasse in der einen Hand, die Zigarette in der anderen und sieht auf Lara herab. In einem bunten Sommerkleid. Lara bewundert Henrike für ihre Art, Dinge einfach so auszusprechen, wie sie ihr in den Kopf kommen. Und für ihr jugendliches Auftreten – mit knapp fünfzig. Wenn sie weniger Rauchen würde, dann sähe sicherlich auch ihre Haut aus, wie die einer jungen Frau. Was Martin betrifft, so kann Henrike allerdings ziemlich garstig sein.

»Langweiler wie Martin kenne ich. Mein zweiter Mann war auch so. Wobei – Martin hat wenigstens einen knackigen Arsch.«

»Martin hat viele gute Seiten.«

»Ja, ja. Seriöser Job, gutes Gehalt, Urlaub im Strand-Ressort --- Kenn' ich alles.«

»Irgendwie muss ich den Film fertigbekommen. Die Einreichfrist für die Filmhochschule läuft erst im Frühjahr ab – aber bis jetzt habe ich noch gar nichts.«

»Mit dem Film nehmen sie dich eh nicht. Du brauchst ein richtiges Thema. Etwas, was die Menschen berührt und aufrüttelt. Martin taugt höchstens für'n Fitness-Studio-Spot.«

»Du bist gemein.«

Henrike erwidert nichts, zuckt nur mit den Achseln und nimmt einen Zug an ihrer Zigarette.

»Martin trainiert nicht nur viel – er ist auch sehr intelligent. Du solltest nicht mehr so von ihm reden.«

»Intelligent und langweilig.«

»Er hat eben andere Interessen als du. Finanzmenschen sind keine kettenrauchenden Künstler.«

»Ich mein ja nur.«

Lara atmet tief durch.

»Vielleicht hast du ja recht, und ich weiß überhaupt nicht, was ich eigentlich erzählen will. Aber wo soll ich denn ein neues Thema finden? Und einen neuen Protagonisten?«

Zumal da auch noch die Vorgabe von der Filmhochschule ist, einen Film zu drehen, der das Stichwort *Wohnalltag* aufgreift. Martin bei ihr zu Hause – das ist ihr Wohnalltag.

»Tja, Süße«, sagt Henrike. »Mach einfach die Augen auf, wenn du durchs Leben gehst. Irgendwas findet sich immer.«

4.

Paul hatte ihn um 15 Uhr erwartet. Jetzt ist gleich 17 Uhr durch. Nico sitzt endlich an seinem Küchentisch und kippt eine komplette Tasse Kaffee auf einmal hinunter.

Wahrscheinlich keine schlechte Idee. Nico sieht so aus, als hätte er nicht viel Schlaf bekommen in den letzten vierundzwanzig Stunden. Jenny sitzt alleine auf einem Stuhl in der Ecke neben dem Küchenfenster und liest in einem Buch über Krafttraining.

»Du bist Pflegestufe Eins?«, fragt Nico. Er stützt die Kaffeetasse auf seiner geschlossenen linken Hand ab. Vorsichtig setzt er sie mit der rechten auf dem Tisch ab.

»Ja.«

»Das ist doch super. Dann musst du gerade mal eine Pflegestufe hochgestuft werden. Dann stehen dir sechs Stunden Assistenz pro Tag zu.«

»Das krieg ich doch nie durch.«

»Ach was. Du musst der Krankenkasse ja nicht gleich deine Rugbyvideos zeigen, wenn sie jemand vorbeischicken«, sagt Nico und lacht. »Wenn du deine Arme nicht mehr richtig strecken kannst, das reicht doch schon. Vielleicht noch ein bisschen Probleme beim Greifen. Kannst du mir folgen?«

»Dafür brauch ich eine Begründung. Ich kann doch nicht einfach behaupten, dass ich von einem Tag auf den nächsten nichts mehr kann.«

»Es gibt tausend Gründe, warum sich dein Zustand verschlechtert haben könnte. Durchs jahrelange Sitzen im Rollstuhl kann viel passieren. Sag einfach, du hast jetzt Arthrose in den Armen. Genau, das ist gut. Das erklärt, warum du nicht mehr selbstständig aus dem Rollstuhl ins Bett übersetzen kannst. Da müssen sie dir Assistenz geben.«

»Aber die Krankenkasse will doch alle Atteste und Untersuchungsbefunde haben. Wenn ich behaupte, ich habe Arthrose, dann müsste ich doch vorher mal zum Arzt gegangen sein.«

»Sehr gute Idee!«, sagt Nico. »Erst mal schicken wir dich zum Arzt und du lässt dir alles bescheinigen.«

»Wie denn? Mir geht's doch gut.«

»Das ist doch den Ärzten scheißegal. Wegen Arthrose, da kannst du dir bestimmt vom Allgemeinmediziner 'ne Diagnose geben lassen, oder Jenny?«

Nicos Assistentin nickt, ohne von ihrer Lektüre aufzusehen.

»Gelernte Krankenschwester. Die kennt sich mit sowas aus.« Nico beugt sich jetzt zu Paul vor. »Ich geb dir nachher die Adresse von meinem Hausarzt, der schreibt dir für alles ein Attest, Hauptsache er kann schnell den nächsten Patienten drannehmen.«

»Ich war nie besonders gut im Bescheißen. Ich werde doch rot, wenn ich lüge.«

»Das ist doch kein Bescheißen! Wenn ich dich vorbereite, kann nichts schiefgehen. Was meinst du, wie ich es geschafft habe, dass Sandra mit mir ausgeht?«

»Du hast tatsächlich ein Date mit der Kellnerin?«

»Klar, was denkst du?«

Pauls Blick fällt auf Jenny, die in ihrer Ecke mit den Augen rollt, ohne von ihrem Buch aufzusehen. Er wendet sich wieder zu Nico und räuspert sich.

»Sollten wir nicht etwas leiser reden?«

Paul versucht zu flüstern. Nicht, dass Jenny alles ausplaudert. Wenn die Krankenkasse ihn erwischt, dann ist er geliefert.

»Hä?«, sagt Nico.

»Na ja.«

Paul zeigt in Jennys Richtung.

»Wegen Jenny? Die gehört doch zur Familie.«

»Das hättest du wohl gern«, ruft Jenny aus dem Hintergrund. Immer noch in ihre Lektüre vertieft.

»Hm. Und wie ist das mit den Untersuchungen?«, fragt Paul nun Jenny. »Die machen doch bestimmt Röntgenaufnahmen beim Arzt?«

»Klar«, sagt Jenny. »Aber da gibt's trotzdem ständig Fehldiagnosen. Bei Arthrose sind zwar auch die Knorpel zwischen den Knochen angegriffen, der eigentliche Grund sind aber Muskelverspannungen – und die sieht man auf einem Röntgenbild eh nicht.«

»Siehst du«, sagt Nico. »Also – weiter im Text. Wichtiger als der Arzt ist die Krankenkasse.«

Nico fängt an, Paul vorzumachen, wie wenig Arm- und Handfunktion er hat. Klar, nicht so viel wie Paul. Nico ist C 4/5, wenn auch inkomplett. Seit Nico mit dem BMW seines Vaters gegen einen Baum gefahren ist – also seit 15 Jahren – ist Nicos Rückenmark zwischen dem vierten und fünften Wirbel beschädigt. Nico ist unterhalb des Brustkorbs komplett gelähmt. Die Arme und Finger kann er zwar noch bewegen, aber nicht mehr sonderlich schnell. Außerdem fühlt er in den Fingern fast nichts mehr. Noch weniger als Paul, dessen Handballen ja auch taub sind.

Paul weiß das alles. Er kennt Nicos Einschränkungen im kleinsten Detail, da er vor jedem Rugby-Turnier dabei ist, wenn die Körperfunktionen der Spieler von unabhängigen Gutachtern geprüft werden. Jetzt sieht Paul

Nico bei dessen Verrenkungen und Turnübungen zu, weiß aber nicht recht, was ihm das weiterhelfen soll.

* * *

Am nächsten Morgen leiht sich Paul in der Unibibliothek ein Buch über Arthrose aus. Arthrose ist Gelenkverschleiß, liest Paul darin. Ist der Knorpel abgenutzt, wird der Abstand zwischen den Gelenken zu klein. Die Knochen versuchen verzweifelt, den größer werdenden Druck bei Bewegungen auszugleichen. Paul versucht, sich besonders die Symptome einzuprägen.

Als er bei Nicos Hausarzt vorstellig wird, ist Paul nervös. »Ich kann meine Arme nur noch unter Schmerzen bewegen. Vielleicht ist das ja Arthrose«, schlägt Paul dem Mediziner vorsichtig vor. »Kracht es bei Ihnen in den Gelenken, wenn Sie Ihre Arme aufsetzen?« »Äh, ja.« »Und waren die Arme schon mal angeschwollen?« Paul nickt zaghaft. »Sind die Schmerzen denn schlimm?« »Gar nicht so sehr, aber trotzdem komme ich kaum noch hoch, wenn ich mich abstütze.«

»Kenn ich«, sagt der Arzt. »Das ist ganz sicher Arthrose.«

Zu Pauls Verwunderung stellt der Arzt keine weiteren Fragen und macht auch keine Untersuchungen mit ihm, sondern verweist ihn umgehend an einen Kollegen. Dann schüttelt er Paul die Hand, steht auf und öffnet die Tür des Behandlungszimmers.

»Also, viel Erfolg.«

Paul schafft es gerade noch, eine Frage zu stellen, bevor der Doktor im Flur verschwindet. »Äh. Könnte ich vielleicht ein Untersuchungsergebnis haben. Für die

Krankenkasse. Die brauchen das dringend, also das kann nicht warten --- äh ---«

»Ja, ja. Kein Problem«, sagt der Arzt. »Wir schicken Ihnen den Befund in wenigen Tagen per Post.«

»Okay, cool«, sagt Paul. Doch da ist der Mediziner schon längst in einem der anderen Behandlungsräume verschwunden.

* * *

Laut der Webseite von Pauls Krankenkasse schicken sie alle sechs Monate jemanden vom MDK – dem medizinischen Dienst der Krankenkassen – zur Überprüfung des Pflegebedarfs vorbei. Als Paul das liest, muss er unwillkürlich lachen. Der Beitrag stammt wohl noch aus dem letzten Jahrtausend. Oder aus der Steinzeit. Bei ihm war seit fünf Jahren niemand vom MDK. Mittlerweile muss ein Pflegebedürftiger selbst aktiv werden. Also tütet Paul den medizinischen Befund in einen großen Umschlag und sendet ihn mit der Bitte um Neuüberprüfung seiner Pflegestufe ab. Eine Woche später wird ihm ein MDK-Termin mitgeteilt.

»So, und das ist ganz wichtig«, sagt Nico, der wieder mal bei Paul in der Küche sitzt. »Wenn der Prüfer vom MDK dich begrüßen will, dann streckst du ihm die Hand hin, so wie ich.«

Nico streckt seinen Arm aus. Die Finger sind gekrümmt, die Hand hängt leicht nach unten. Ganz langsam bewegen sich seine Finger auf und zu, aber nicht viel.

»Na, komm schon. Jetzt du.«

Sie üben eine Weile. Paul, der seine Finger eigentlich recht gut bewegen kann, braucht lange, bis er es so hinbekommt wie Nico.

»Gar nicht so leicht, ein Krüppel zu sein, was?«, sagt Nico.

»Sehr witzig.«

»Und jetzt gib mir doch mal bitte ein Glas. Ich hab Durst.«

Nico deutet mit dem Kopf in Richtung des Regals über der Spüle, in dem Tassen und Gläser stehen. Paul wendet seinen Rollstuhl, fährt zum Regal und streckt den Arm aus.

»Falsch!«, schreit Nico und vor Schreck fällt Paul beinahe das Glas aus der Hand.

»Du kannst doch den Arm nicht so weit strecken«, sagt Nico.

»Ich kann den Arm nicht soweit strecken?«

»Du kannst den Arm nicht soweit strecken.«

Nico kommt zu Paul herüber und macht ihm vor, wie weit er mit dem Arm an die Gläser in dem Regal kommt. Nämlich gar nicht.

»Und was sagst du dem Prüfer, wenn er dich nach einem Glas fragt?«

»Tut mir leid, ich komm nicht mehr ran. Das Regal ist zu hoch angebracht, ich muss das mal richten lassen.«

»Geht doch.«

Paul hört sich auch bei den anderen Spielern der Rugby-Mannschaft nach ihren MDK-Erfahrungen um. »Da musst du aufpassen, das sind Bluthunde«, erklärt Nils. »Keine Angst. Die sind alle so unerfahren und nervös, da kriegst du alles durch«, sagt Christian. Und Harry ist sich sicher: »Hauptsache, die schicken keinen Arzt. Die Doktoren haben nämlich null Ahnung von Pflege.«

Kein Wunder, dass Paul nach dem Training noch unsicherer ist als zuvor. Am liebsten würde er die Aktion abblasen. Dann ruft Pauls Mutter an.

Eine halbe Stunde redet sie am Stück, ohne Paul zu Wort kommen zu lassen. Fragt ihn weder zu seiner Doktorarbeit, noch zu seinen sportlichen Aktivitäten, noch zum Wetter in Heidelberg. Stattdessen erfindet sie Horrorszenarien, wie es bei Paul in der Wohnung wohl aussieht – »wahrscheinlich fressen dir die Motten schon das Müsli vom Teller« – erklärt ihm ihre Sorgen über seine Zukunftsperspektiven – »wenn sie dich nur in einer Behinderten-Werkstatt nehmen, dann hast du ganz umsonst studiert« – und nervt ihn mit Verschwörungstheorien über den Tod von Lady Diana – »wusstest du, dass Osama bin Laden sie hat ermorden lassen?«

Dann greift sie das Gespräch von ihrem letzten Besuch wieder auf.

»Weißt du, Paul. Ich wollte dich nicht kränken. Also eigentlich reden wir ja nie über dieses Thema. Und ich kann verstehen, dass du empfindlich reagierst.«

Paul schnappt nach Luft und will etwas entgegnen, aber da sagt seine Mutter schon: »Wo du dich doch früher schon nicht getraut hast, Mädchen anzusprechen. Und jetzt mit deiner Behinderung. Da macht man sich als Mutter eben so seine Gedanken.«

Vorhin war Paul bereits halb entschlossen, Nico anzurufen und die ganze Geschichte abzublasen. Aber mal ehrlich: Wie kann er nach einem solchen Telefonat, die *Aktion Frauensuche* noch aufgeben?

Als der große Tag gekommen ist, klingelt es an der Tür. Paul ist nervös, als er die Tür öffnet. Doch es sind nur Nico und Jenny.

»Was guckst du so«, sagt Nico. »Ich lass dich doch in deiner schwersten Stunde nicht allein.«

Die drei sind gerade im Wohnzimmer angekommen, als es wieder klingelt.

»Warum zuckst du zusammen?«, fragt Nico. »Pass auf. Wir schicken Jenny zum Türöffnen. Du kannst schließlich nicht *greifen*.«

Nico zwinkert Paul zu. Doch das beruhigt ihn nicht wirklich.

»Sonst noch irgendwelche Wünsche, die Herrschaften?«, sagt Jenny, als sie sich von der Couch erhebt, auf die sich erst ein paar Sekunden zuvor fallen gelassen hat. Eine halbe Minute später kommt sie mit einem großgewachsenen Mann mit grauen Haaren, in Jeans und Norwegerpulli, zurück ins Wohnzimmer.

»Guten Tag. Sind Sie der Herr Altenburg?«, fragt er Nico.

Dieser zeigt auf Paul.

»Ach so, ja. Ich bin Herr Richter vom MDK und dieser Name ist Programm, denn ich werde über ihre Zukunft richten.«

Herr Richter lacht etwas zu laut und etwas zu gezwungen.

Das kann ja heiter werden, denkt sich Paul. Zumindest ist er kein Arzt.

»Sollte ein Scherz sein«, sagt Herr Richter. »Zur Auflockerung. Ha. Na ja. Dann beginnen wir mal mit der Befragung.«

»Ich glaub, der macht das zum ersten Mal«, sagt Nico

zu Paul, etwas zu laut, wie Paul findet. Doch Herr Richter scheint nichts gehört zu haben. Er hat bereits seinen Kugelschreiber gezückt und ist bereit zum Mitschreiben.

»Ich mache das heute zum ersten Mal«, erklärt Herr Richter jetzt. »Aber keine Angst. Ich habe jahrelange Erfahrung als Krankenpfleger. Mit Pflegebedarf kenne ich mich also bestens aus.«

Ein gezwungenes Lächeln von Paul.

»Ja, also, Herr Altenburg. Wie lange brauchen Sie denn so? Also um aufs Klo zu gehen?«

»Sie gehen aber ran!«, sagt Nico.

»Wie bitte?«, sagt Herr Richter.

Und Paul sagt: »Na ja. Bis ich überhaupt mal die Hose runterhabe. Also ---«

»Drei Minuten?«, schlägt Herr Richter vor.

»Drei Minuten!«, ruft Paul. »Eher Fünfzehn.«

»Ach was«, sagt Herr Richter. »Kommen Sie. Das kriegen Sie bestimmt schneller hin.«

»Nein.«

»Vielleicht wenn Sie mehr trainieren ---«

»Einigen wir uns einfach auf zehn Minuten«, sagt Nico.

»Acht«, sagt Herr Richter. »Aber nur wenn Sie nicht mehr als drei mal am Tag aufs Klo gehen.«

»Was?«

Herr Richter sieht Paul einen Moment an, unmöglich zu sagen, was in dem Kopf des Prüfers vor sich geht.

»Also gut«, sagt Herr Richter schließlich. »Sagen wir vier mal.«

Noch bevor Paul oder Nico protestieren können, notiert sich Herr Richter etwas auf seinem Notizblock. Dann sieht er wieder zu Paul. »Und wie ist das mit dem

--- äh ---«

»Äh, was?«, sagt Nico.

»Na – dem großen Geschäft?«

Nach einigen weiteren Fragen geht Herr Richter zu praktischen Demonstrationen über. Paul muss zeigen, wie er sich eine Jacke an- und auszieht und wie er sich die Zähne putzt. Bei alledem steht Herr Richter mit kritischem Blick an Pauls Seite und notiert fleißig, ohne auch nur einen Kommentar abzugeben.

»Und jetzt Übersetzen aus dem Rollstuhl ins Bett.«

Das ist der Teil der Show, bei dem Paul sich besonders viel Mühe gibt, eine schlechte Figur zu machen. Er stützt sich auf die Arme ab, keucht und stöhnt auf. Langsam erhebt er sich ein paar Millimeter, lässt sich dann aber wieder auf den Sitz fallen.

Herr Richter kommt zu ihm und tastet ihm die Arme ab. Jetzt bloß nicht anfangen zu schwitzen, denkt Paul.

»Nervös?«, fragt Herr Richter.

»Äh, ne. Wieso denn?«

»Geschwollen ist nichts.«

»Nein. Zurzeit nicht.«

Herr Richter notiert etwas.

Zu guter Letzt gehen sie in die Küche. Und tatsächlich: Paul soll zeigen, wie er ein Glas aus dem Regal holt. Er streckt sich und stöhnt auf, die Arme nie ganz ausgestreckt.

»Keine Chance«, sagt Paul schließlich. »Ich komme nicht ran.«

»Ganz schön hoch angebracht die Regale«, sagt Herr Richter.

»Tja«, sagt Paul und seufzt. »Früher hab ich das noch hinbekommen. Aber jetzt ---«

»Dürfen wir Ihnen trotzdem etwas zu trinken anbieten?«, fragt Nico. »Das Glas müssen Sie sich halt selber nehmen.«

»Nein, vielen Dank«, sagt Herr Richter. »Bestechen lasse ich mich nicht.«

Er lacht. Als einziger.

Fünf Minuten später können sie den MDK-Mitarbeiter schließlich in den Flur führen. Herr Richter hält seinen Notizblock wie ein Schutzschild vor seinen Körper.

»Vielen Dank, Herr Altenburg. Das war sehr aufschlussreich.«

Er greift zur Türklinke. Dann dreht er sich noch einmal um.

»Wie sieht es denn in ihrem Umfeld aus, Herr Altenburg? Sie wissen, dass die Krankenkasse Ihnen nicht einfach so eine Assistenz gewähren kann. Gibt es denn niemand, der Ihnen helfen könnte? Was ist denn mit Ihren Eltern?«

»Die wohnen hundert Kilometer entfernt.«

Herr Richter fragt nach weiteren Verwandten – die wohnen aber alle noch weiter weg – und nach Freunden, die Paul eventuell assistieren könnten.

»Freunde?«, sagt Nico. »Hat der nicht.«

»Außer Ihnen, oder sind Sie keine Freunde?«

»Ich kann ihm nicht aus dem Bett helfen«, sagt Nico und grinst. »Hab zwei linke Hände.«

Wieder notiert Herr Richter etwas, gibt aber keinen Kommentar ab.

Dieses ewige Gekritzel macht ihn noch komplett verrückt, denkt Paul.

Herr Richter verabschiedet sich nun und steht schon in der geöffneten Tür, als Nico fragt: »Ja, und? Kriegt er jetzt die Assistenz? Oder was? Wenn Sie schon nach möglichen Assistenten fragen ---«

»Das kann ich nicht entscheiden. Der MDK bewilligt nur die Pflegestufe. Den Assistenzbedarf muss später der ambulante Dienst mit Ihnen erarbeiten und bei der Pflegekasse der Krankenkasse beantragen.«

»Ja, aber das heißt also – wenn Sie schon von später reden – dass Sie Paul die Pflegestufe erteilen?«

»Das sehen Sie dann im schriftlichen Bescheid. Schönen Tag noch.«

5.

»Also, Herr Altenburg. Sie hatten bisher noch nie individuelle Assistenz?«

»Ach, nennen Sie mich doch einfach Paul.«

Er versucht zu lächeln, unsicher, ob es ihm gelingt. Frau Müller, die Pflegedienstleiterin des ambulanten Dienstes *Hilfe zum Leben* sitzt selbst im Rollstuhl, und sie scheint nett zu sein, doch Paul ist nervös. Er kann immer noch nicht recht glauben, dass er jetzt assistenzbedürftig ist – und vor allem: Dass ihm das Fachleute wie Frau Müller glauben werden. Außerdem ist da noch etwas. Der besondere Plan. Damit Paul auch wirklich eine Assistentin zugeteilt bekommt – und keinen Assistenten.

»Kein Problem«, hat Nico gesagt. »Ich bring dich zu dem ambulanten Dienst, wo ich auch bin. Die kennen mich da.«

»Eben«, hat Paul gesagt. »Gerade das macht mir Angst.«

Jetzt sagt Frau Müller: »Sie werden sehen, Herr Altenburg, es war ein guter Rat von Ihrem Freund, zu uns zu kommen.«

Sie wirft einen kurzen Blick in Nicos Richtung, der neben Paul vor ihrem Schreibtisch sitzt.

»Nico ist bei uns bekannt wie ein bunter Hund.«

Um ihr nicht in die Augen blicken zu müssen, sieht Paul zur Seite. Die zahlreichen großformatigen Schwarzweiß-Fotos an der Wand gefallen ihm. Auf einem sind mehrere Rollstuhlfahrer mit langen Haaren und langen Bärten zu sehen, die ein Transparent mit der Aufschrift *Wir wollen Zivis* halten. Rollstuhl-Hippies! Daneben ist ein Bild von einem zugewucherten Gartenhäuschen. *Unser erstes Büro '81*, steht darunter.

»Für uns ist es wichtig, dass unsere Kunden selbst entscheiden können, von wem sie sich assistieren lassen und von wem nicht«, sagt Frau Müller. »Deshalb stellen wir keine Assistenten für Sie ein. Wir vermitteln nur mögliche Bewerber, die sich dann bei Ihnen in einer Art Vorstellungsgespräch präsentieren.«

»Klingt gut«, sagt Paul.

Frau Müller blättert in der Akte, die vor ihr auf dem Tisch liegt. Plötzlich bleibt ihr Blick auf etwas in den Unterlagen über Paul hängen.

»Im Fragebogen haben Sie angekreuzt, dass Sie sich nur geschlechtsspezifisch betreuen lassen wollen.«

»Äh, ja.«

»Das ist schade. Sehr schade.«

»Ach ja?«

Das wird ganz einfach funktionieren, hat Nico ihm gesagt. Mach einfach dein Kreuzchen dort, hat Nico gesagt, dann können die vom ambulanten Dienst nichts sagen. Dann kriegst du deine Assistentin. »Mit J-Lo-Arsch.«

Und wenn es nicht klappt?, hat Paul gefragt. Wenn sie ihm eine Mutter Beimer vorbeischicken?

»Wissen Sie, Herr Altenburg«, sagt Frau Müller. »Momentan haben wir mehr Frauen, die in die Assistenz einsteigen. Da werden Sie nur wenig Auswahl an Betreuungspersonal haben. Aber wenn Sie wirklich nur männliches Personal wollen ---«

»Äh, ja. Ach so --- also ---«, sagt Paul.

»Mit *geschlechtsspezifisch* meinte er eigentlich, dass er sich nur von Frauen betreuen lassen will. Nicht von

Männern.«

»Nur von Frauen?«

Paul nickt zögernd.

»Das ist eher ungewöhnlich. Einige unserer Kundinnen möchten nicht von Männern betreut werden. Darauf zielt die Frage in dem Fragebogen eigentlich ab. Dass jemand nur vom anderen Geschlecht betreut werden will – das hatten wir noch nie.«

»Tja ---«, sagt Paul.

»Wissen Sie«, sagt Nico. »Paul hat Angst vor Männern.«

»Angst vor Männern?«, sagt Paul.

Frau Müller hebt eine Augenbraue.

»Ja, du weißt doch ---«, sagt Nico. »Wegen ---«

»Weswegen?«, fragt Frau Müller. »Sie haben meine volle Aufmerksamkeit.«

Jetzt geht alles zu Bruch, denkt Paul. Das wacklige Kartenhaus seiner Bedürftigkeit wird in sich zusammenstürzen.

»Na, das ist doch ganz einfach«, sagt Nico. »Das ist wegen dem Dings ---«

»Dem Dings?« Frau Müller beugt sich auf ihren Schreibtisch vor und stützt ihren Kopf auf ihren Armen ab.

»Na, wegen deiner Angst vor Stehpinklern«, sagt Nico zu Paul.

»Ähm.« Paul räuspert sich.

»Doch, doch so ist es. Bei mir ist es okay, wenn ich ihn besuche. Ich bringe meinen Katheterbeutel ja mit. Aber die Fußgänger ---«

»Ja, klar stimmt«, sagt Paul. »Ich kann es überhaupt nicht haben, wenn --- äh ---«

»Er redet nicht gern darüber«, sagt Nico. »Es hat auch mit seinem Penisneid zu tun.«

Frau Müller blickt die beiden an, ohne einen Ton zu sagen. Paul und Nico starren zurück. Frau Müller greift zu einem Kugelschreiber und notiert etwas auf dem Formular. Als sie wieder zu den beiden aufsieht, lächelt sie.

»Ich sehe schon«, sagt sie. »Sie sind wahrscheinlich genauso ein verrücktes Huhn wie ihr Freund.«

»Tja.«

»Die Bewerber – äh, Bewerberinnen – werden sich im Lauf der nächsten Woche persönlich bei Ihnen melden, um einen Termin auszumachen.«

Zu guter Letzt beugt sich Frau Müller ein Stück vor und lächelt Paul mit verschwörerischer Miene zu.

»Viel Glück.«

* * *

Lara sitzt am Frühstückstisch, eine große Tasse Tee mit beiden Händen umklammert und starrt gerade aus. Auf das schiefe Regal. Solange sie das macht, schafft sie es, einmal nicht darüber nachdenken zu müssen, wie es jetzt weitergeht. Mit ihrem Leben, ihrem Film, ihren Wünschen.

Klar, könnte sie sich jetzt auch die Frage stellen, was sie sich eigentlich dabei gedacht hat, Soziologie zu studieren. Eine schöne Geisteswissenschaft, keine Frage. Aber was kommt nach dem Studium? Würde sie wirklich im Fach der Soziologie arbeiten wollen, bliebe ihr nur eine Karriere in der Forschung als Mitarbeiterin an der Uni. Doch erstens ist sie keine Wissenschaftlerin.

Zweitens hätte sie promovieren müssen, um ihre Chancen auf eine Arbeitsstelle zu erhöhen. Doch dann hätte ihr Studium nie geendet.

»Kein Problem«, hat Martin ihr schon vor zwei Jahren gesagt. »Soziologen sind in der Wirtschaft sehr begehrt. Da kriegst du auf jeden Fall eine super Stelle.« Um seine Theorie zu untermauern, hat er ihr umgehend ein Praktikum in einem Weltkonzern besorgt, für den seine Consulting-Firma arbeitet. In den vier Wochen dort hat Lara gesehen, was es heißt, eine *super Stelle* zu haben. Die Daten aus anonymen Mitarbeiter-Fragebögen in eine Excel-Datei eingeben. Tag ein, Tag aus. »Später können Sie dann die Fragebögen auch selbst entwerfen«, hat ihre Chefin Lara versichert. Wow, super. *Wie beurteilen Sie Ihre Arbeitsstelle in Bezug auf die Entlohnung?* Gut. *Wie oft haben Sie in den vergangenen zwei Wochen mit Unbehagen an Ihre berufliche Zukunft gedacht?* Immer. *Wie oft spürten Sie im vergangenen Monat folgendes Gefühl: Selbstvertrauen?* Nächste Frage bitte ---

Hat sie dafür studiert? Hat sie bei einer solchen Arbeit wirklich mit Menschen zu tun, wie sie es sich immer gewünscht hat? Und vor allem: Muss Arbeit denn tatsächlich keinen Spaß machen?

Doch diese Fragen will sie jetzt einfach einmal fünf Minuten vergessen. Deshalb sieht sie weiter auf das Regal.

Martin stürmt in die Küche und läuft an ihr vorbei zur Anrichte. Sie versucht, sich nicht ablenken zu lassen. Einfach weiter starren. Aber das ist schwer. Martin ist bereits voller Energie und stapft durch die Küche wie ein Marathonläufer, während er sich ein Brot schmiert. Menschen, die schon am frühen Morgen so voller Tatendrang sind, waren Lara immer verdächtig. Zumindest solange, bis sie mit Martin zusammengezogen ist.

Martin nimmt sein frisch geschmiertes Brot mit Feigenmarmelade in die Hand und beißt hinein. Mit dem Kopf beugt er sich dabei etwas vor, damit die Krümel auf den Boden fallen und nicht auf seine Business-Klamotten.

»Ich habe mich ein bisschen umgehört«, sagt er unvermittelt, während er immer noch kaut. »Mein Chef hat einen super Tipp.«

Lara entgegnet nichts. Sie konzentriert sich jetzt auf die losen Bretter neben dem Regal. Bloß nicht ablenken lassen. Einmal aus der Ruhe gebracht und der gesamte Tag ist im Eimer.

»Im Lions-Club suchen sie jemanden, der sich um die Öffentlichkeitsarbeit kümmert.«

Drecksack, denkt Lara. Jetzt hat sie doch weggeschaut und einen Blick zu Martin geworfen. Aber nur ganz kurz.

»Hier haben sie es ausgeschrieben.« Martin nimmt die Tageszeitung von der Anrichte und wirft sie vor Lara auf den Tisch.

»Du hättest mit Menschen zu tun. Und mit Medien. Und super Kontakte kannst du dort auch knüpfen. Na, was sagst du? Ist doch großartig.«

Die Zeitung ist genau durch ihr Blickfeld geflogen, aber sie hat es geschafft – sie hat nicht auf den Tisch gesehen.

»Na, komm. Sag doch was dazu. Was hältst du davon?«

Jetzt hat Martin sich vor sie gestellt, auf die andere Seite des Tisches. Zwischen sie und das Regal. Er beugt sich zu ihr und lächelt sie an.

»Gibt es einen besseren Freund als mich?«

Lara zuckt mit den Achseln. Um seinem Blick auszuweichen, sieht sie nun doch zu der aufgeschlagenen Zeitung vor ihr.

Martin scheint sich damit zufriedenzugeben. Jedenfalls gibt er ihr einen flüchtigen Kuss auf die Stirn und dann hört sie, wie sich seine Schritte von ihr entfernen.

»Und was ist mit dem Regal?«, ruft sie ihm noch hinterher. Doch in diesem Moment wird bereits die Wohnungstür zugeschlagen.

Lara atmet tief durch. Sie will die Zeitung gerade zur Seite schieben, als ihr Blick auf eine andere Anzeige fällt: *Assistenz gesucht*.

6.

Eine Woche kann sehr lange dauern, denkt Paul. Vor allem wegen Martha.

Als Frau Müller ihm sagte, dass sie ihm eine Springerin vorbeischicken muss, bis er sich für eine eigene Assistentin entschieden hat, klang es gar nicht so schlimm. Und wenn er protestiert hätte und gesagt hätte, er brauche gar keine Betreuung bis nächste Woche, dann hätte er sich nur unnötig verdächtig gemacht. Also lächelte er.

»Martha«, sagte Frau Müller. »Das ist die einzige Frau, die ich Ihnen momentan für so viele Tage entbehren kann.«

Martha?, dachte Paul. Der Name klang exotisch. Nach Abenteuer. Und hieß nicht auch die Sängerin dieser Rockband so, *Die Happy*? Vielleicht ist sie das schon, seine Traumprinzessin. Martha.

Und er lächelte weiter.

In der Realität sieht Martha anders aus, als in seinen Träumen. Nicht hässlich, dafür aber auch mindestens 30 Jahre älter. Sie macht den Job schon seit den Achtzigern. Dementsprechend lässt sie sich von Paul nicht in ihre Arbeit reinreden.

Morgens hievt sie ihn aus dem Bett. Wie ein Bulldozer. Auf seine Beteuerungen, er könnte das Übersetzen in den Rollstuhl auch allein versuchen, hört sie nicht. »Keine Angst, ich weiß, was ich tue. Ich hab schon Heben und Tragen gelernt, da warst du noch nicht mal geboren.« Abends assistiert sie ihm bei der Körperhygenie, ohne dass Paul das eigentlich will.

Nach einer Woche kann Paul das Vorsprechen der Bewerberinnen kaum noch erwarten.

Doch am großen Tag beginnt das Drama bereits, bevor die erste Bewerberin bei Paul ankommt. Nico hat sich nicht davon abbringen lassen, auch diesmal Paul zur Seite zu stehen. Jetzt stehen Nico und Jenny neben Paul vor dessen Kleiderschrank und Nico behauptet, dass Paul unbedingt sein Hemd wechseln müsse.

»Du siehst aus wie einer von der Jungen Union. Zeig mal, was du noch im Schrank hast. Keine Angst, wir kriegen dich schon zum Checker.«

Und nachdem Nico ihm ein hässliches knallgelbes T-Shirt aufgedrängt hat, das Paul seit Jahren nicht mehr getragen hat, landen sie im Bad. Nico verlangt von Jenny, dass sie Pauls Frisur mit Haargel »aufpimpen« soll. Leider hört sie auf ihn.

»Fast wie ein richtiger Mensch«, verkündet Nico begeistert. »Jetzt gib ihm noch was von meinem Spezialstoff drauf.«

»Was?«, ruft Paul. Er weiß zwar nicht, um was für einen Stoff es sich handelt, aber er befürchtet das Schlimmste.

Jenny geht zum Rucksack, der an Nicos Rollstuhl hängt, und holt eine Flasche Motorenöl hervor.

»Oh, nein«, sagt Paul, auch wenn er auf den zweiten Blick erkennt, dass es sich um ein Parfüm handelt, das lediglich in ein altmodisches Öl-Fläschchen abgefüllt ist.

»Was ist das denn!«

»Das ist die absolute Geheimwaffe«, sagt Nico.

»Halt«, sagt Paul zu Jenny. Er versucht sich noch zu wehren und hebt die Arme zu seinem Schutz vor seinen

Hals. Doch zu spät: Eine Dieselwolke legt sich um seien Kopf.

»Jetzt riechst du wie ein frisch geölter Motor. Das bringt die Weiber auf Touren. Vertrau mir.«

»Musst du alles machen, was er dir sagt?«, fragt Paul Jenny.

Sie zuckt mit den Achseln. »Was soll ich machen. Er ist mein Auftraggeber. Außerdem riecht das Zeug wirklich ganz sexy. Wie frisches Holz.«

»Siehst du«, sagt Nico. »Sie ist meine Arme und Beine. Aber mach dir nichts draus – für dich finden wir auch noch ein paar schöne Beine.«

Es dauert nicht lang, bis die Bewerberinnen eintreffen und nacheinander von Jenny in die Küche geführt werden. Dort sitzen Paul und Nico beide hinter dem Küchentisch, während die jeweilige Bewerberin vor ihnen auf einen Stuhl platz nimmt. Paul kommt sich vor, wie ein Juror in einer Casting-Show. Bleibt zu hoffen, dass sich Nico nicht aufführt wie Dieter Bohlen.

Die erste Bewerberin ist eine resolute Frau, Erna, 59 Jahre alt. Weder Nico noch Paul kommen dazu, ihr eine Frage zu stellen. Erna erzählt auch so: »Früher habe ich als Köchin im Altersheim gearbeitet. Im Altersheim, da gab es schließlich auch Rollstühle, verstehen Sie? Ja und jetzt. Na ja, es ist heutzutage nicht mehr so leicht, einen Job zu finden. Die Wirtschaftskrise, Sie wissen ja, wie das ist. Vor allem in meinem Alter. Aber Sie werden sehr zufrieden mit mir sein. Ich kann Kasseler, Sauerbraten und Rippchen mit Kraut. Oder Eintopf. Auch alles püriert, ist kein Problem. Mein Mann hat immer gesagt, nun ja Ex-Mann ---«

Die nächste Bewerberin ist zweiundzwanzig und blond. Mit engem Top und kurzem Rock.

»Also ich hab so einen Job ja noch nie gemacht. Aber als ich in der Annonce gesehen hab, wie viel man da verdient ---«

Paul stützt seine Ellbogen auf dem Tisch ab und hat seinen Kopf in seine Handflächen gelegt. Wie verzaubert hängt er an ihren Lippen.

»Sag mal«, schaltet Nico sich plötzlich ein. »Wie viel hat eigentlich der Ring an deinem Finger gekostet?«

»Der Ring? Der ist voll schön, nicht? Hat mir mein Freund zur Verlobung geschenkt. Der ist so lieb.«

Nico sieht zu Paul und macht eine Handbewegung vor seinem Hals, wie um zu sagen: *Gestorben*.

Paul legt den Kopf zur Seite. *Ehrlich?*

Die dritte Bewerberin ist ein attraktives Mädchen Ende zwanzig mit einem breiten Lächeln. Eine natürliche Schönheit.

Nico und Paul tauschen wieder Blicke aus. Diesmal nickt Nico zustimmend.

»Genau deine Kragenweite«, flüstert er Paul zu.

Die Bewerberin blickt etwas irritiert. Wahrscheinlich wartet sie darauf, dass ihr jemand eine Frage stellt. Doch stattdessen greift Nico zu einer Schüssel, die vor ihm auf dem Tisch steht, und hält sie ihr unter die Nase.

»Kekse?«

»Äh – Danke.«

Zögerlich greift sie zu.

»Wollt ihr denn gar nichts über meine Qualifikationen wissen? Ich bin schon drei Jahre für *Hilfe zum Leben* aktiv und habe bei mehreren Rollstuhlfahrern gearbeitet.«

»Ja, äh ---«, sagt Paul, dem wieder einmal die Worte fehlen.

Nico springt für ihn ein. »In diesen drei Jahren – hat sich da auch mal was entwickelt? Also, zwischen dir – und einem Rollstuhlfahrer?«

»Wie meint ihr das?«

Sie wirkt jetzt etwas angespannt.

»Na ja, du weißt schon. Wenn man die ganze Zeit zusammenarbeitet ---«

»Nein, äh – ich weiß nicht, was ihr meint.«

»Na, so körperlich gesehen ---«

»Wie bitte!«

»Oder würdest du gerne mal eine körperliche Beziehung mit einem Rollstuhlfahrer haben?«

»Äh, er meint nicht sich«, stammelt Paul. »Also, äh, auch nicht mich --- natürlich nicht ---«

»Außer natürlich, wenn du Lust hättest, ihm körperlich näher zu kommen.«

»Äh --- alles ganz freiwillig --- natürlich ---«

Sie verzieht ihr Gesicht.

»Und?«, fragt Nico.

»Ihr seid ja voll krank!«

Die Bewerberin steht auf und rennt aus dem Raum.

»Toll gemacht!«, sagt Paul.

»Was denn?«, sagt Nico. »Ich dachte, wir klären das lieber sofort. Nicht, dass sie frigide ist oder so. Was ja anscheinend der Fall ist.«

Als Paul und Nico zwei Stunden später die letzte Bewerberin im Flur verabschieden und hinter ihr die Tür zuschlagen, müssen beide erst einmal tief durchatmen.

»Das war dann wohl nichts mit der Liebe auf den ersten Blick«, sagt Paul.

»Vielleicht bist du wirklich ein hoffnungsloser Fall.«

»Na, danke.«

»Aber ich weiß jetzt, was dein Problem ist.«

»Ach, ja?«

»Du bist zu wählerisch.«

»Bitte? Ich wählerisch?«

»Ja. Wer so verkopft ist wie du *und* sich so blöd aufführt --- Was war denn mit der Sportlichen?«

»Die hat doch von ihrer *Freundin* erzählt.«

»Irgendwo muss man anfangen mit den Abstrichen.«

Paul seufzt.

»Und diese Nette?«, fragt Nico.

»Nette?«

»Na ja, die vorletzte Bewerberin.«

»Ich bitte dich. Die war dreimal so schwer wie ich. Die würde mich doch erdrücken, wenn ich neben der im Bett liege.«

»Manchmal glaube ich, du willst dir gar nicht helfen lassen.«

In diesem Moment klingelt es.

Als Paul die Tür öffnet, steht eine junge Frau im Gang. Mitte zwanzig. Schlank und sportlich gekleidet. Braune lange Haare zum Pferdeschwanz zusammengebunden. Hübsch. Aber irgendetwas stimmt nicht mit ihr. Paul braucht einen Moment, bis er dahinterkommt, was es ist. Sie schaut über ihn hinweg.

Ihr Blick sucht die Person, die die Tür geöffnet hat. Entdeckt aber niemanden außer Nico, der soweit im Flur steht, dass er es nicht gewesen sein kann. Es dauert einige Sekunden, dann erst senkt sie ihren Blick und scheint etwas verwirrt, als sie Paul endlich erblickt. Was denkt sie denn, wer die Tür aufgemacht hat? Zwerg Nase?

»Sorry. Ich bin zu spät«, sagt sie. »Ich hab mich erst in der Uhrzeit vertan. Und dann hab ich die Straße nicht gefunden und – na ja.«

Sie streckt ihm die Hand zur Begrüßung hin.

»Ja, und wer bist du?«, fragt Paul.

»Lara. Ich hatte den Termin um halb drei.«

Lara? Stimmt. Auf der Liste stand eine Lara. Im Eifer des Gefechts war es Paul gar nicht aufgefallen, dass sie eine Bewerberin übersprungen haben.

Paul will ihre ausgestreckte Hand ergreifen, doch hinter sich hört er, wie Nico sich räuspert. Schnell bringt Paul seine Finger in die schlaffe Haltung, die sein Freund ihm antrainiert hat.

Was dann passiert, kann Paul nicht fassen. Als Lara seine gebogenen Finger sieht, zieht sie ihre Hand weg und weicht einen Schritt zurück. Dabei verzieht sie das Gesicht.

»Upps«, sagt sie. »Sorry.«

Sorry für was? Dafür, dass sie ihn wie einen Krüppel behandelt?

Lara klopft Paul schließlich auf die Schulter.

»Ihr beide seid echt arm dran«, sagt sie. »Es muss hart sein, den ganzen Tag so im Rollstuhl zu sitzen.«

»Genau«, sagt Nico, der nun ein Stück vorrollt und neben Paul zum Stehen kommt. »Deswegen sucht er ja auch nach dir. Also – als Assistenz natürlich.«

Nico lächelt breit. Er dreht sich zu Paul und zwinkert ihm zu.

Doch Paul sagt zu Lara: »Aber die Hand schütteln kannst du uns trotzdem.«

Sie nehmen in der Küche platz. Wie schon zuvor bei den anderen Bewerberinnen sitzt Lara den beiden gegenüber.

»So, Jungs. Was wollt ihr wissen?«

»Hast du das schon mal gemacht? Persönliche Assistenz?«, fragt Paul.

Ein bisschen wundert er sich selbst, wie einfach es ihm bei Lara auf einmal fällt, den Mund aufzumachen. Wahrscheinlich, liegt es daran, dass er nichts von ihr will. Eine Frau, die in ihm nur einen Krüppel sieht, kann ihm gestohlen bleiben.

»Nein, hab ich nicht«, sagt Lara.

»Ah ja«, sagt Paul. Wenigstens wird das eine kurze Befragung. »Und warum willst das dann machen, Schwerbehinderten-Assistenz?«

»Ich bin jung und brauche das Geld.«

Sie lächelt, was Paul natürlich nicht erwidert.

»Nein«, sagt sie dann. »Eigentlich will ich Filmemacherin werden.«

»Filmemacherin?«

Das wird ja immer besser.

»Genau. Ich hab Soziologie studiert, weil ich was mit Menschen machen wollte. Aber gut, dass es keine Jobs für Soziologen gibt, das war mir schon während des Studiums klar. Deswegen hab ich mich irgendwann entschlossen, meinem Kindheitstraum nachzugehen und Dokumentarfilme zu drehen.«

»Aha.«

»Soziologie?«, sagt Nico. »Interessant. Der Paul hier ist auch so ein Hirnakrobat. Schreibt gerade eine Doktorarbeit über Affen.«

»Grüne Meerkatzen«, verbessert Paul.

Nico zuckt mit den Schultern. »Auch nicht besser.«

»Seien wir mal ehrlich, was ist mehr Soziologe, als einen Dokumentarfilm zu drehen«, sagt Lara. »Näher heran komme ich nicht an meine Mitmenschen, als wenn ich sie wochenlang mit der Kamera begleite. Leider ist es schwierig, ein richtiges Thema zu finden, eine Hauptfigur, mit der die Empathie der Zuschauer geweckt wird. Die sie bei ihren tiefsten Emotionen packt. Deswegen ist mir die Anzeige sofort ins Auge gesprungen. Für meinen neuen Film suche ich einen Protagonisten, der ein hartes Leben hat. Der am Boden ist und trotzdem irgendwie weitermacht. Obwohl eigentlich alles aussichtslos ist, weil er eine Behinderung hat, durch die sein ganzes Leben zerstört ist. Und wenn du sogar studierst, das finde ich super. Das zeigt, wie hart du kämpfst.«

»So, so.«

»Ja. Der Hauptdarsteller könntest du sein, Paul.« Sie macht eine kurze Pause. Dann sagt sie: »Also – natürlich nur, wenn du mich einstellst und mir erlaubst, meine Kamera zur Arbeit mitzubringen. Was meinst du?«

Träum weiter, Mädchen.

»Nein«, sagt er und Nico ruft, beinahe synchron: »Klar, natürlich!«

Paul und Nico blicken sich überrascht an.

»Also, das geht nun wirklich nicht«, sagt Paul.

»Quatsch. Hör nicht auf ihn. Er macht nur Spaß«, sagt Nico. Und an Paul gewandt: »Wen willst du denn sonst einstellen? Die Sportliche? Oder die nette Tonne?«

»Scheiße«, sagt Paul.

»Also ich freu mich auf den Film«, sagt Nico. »Dann

hab ich einen Kumpel, der berühmt ist.«

Nico sieht wieder zu Lara. »Krieg ich eigentlich auch eine Rolle?«

»Also berühmt wird man beim Dokumentarfilm eigentlich nicht. Und richtige Rollen, wie beim Spielfilm gibt es eigentlich auch nicht ---«

»Macht ja nichts«, sagt Nico. »Komm schon Paul, sag ja.«

* * *

Wieder stehen Paul und Nico im Flur. Wieder schlägt die Tür zu.

»Sag mal, bist du bescheuert?«

»Was denn, Paul? Du hast doch gar keine andere Wahl, als sie einzustellen. Außerdem weiß ich gar nicht, was du hast: Sie sieht doch super aus.«

»Ja, klar. Und sie hält uns für bemitleidenswerte Krüppel.«

»Wenn du sie einstellst, hast du viel Zeit, sie eines Besseren zu belehren. Gib's zu: Sie hatte wirklich einen süßen Arsch.«

»Sehr witzig.«

»Was denn? Ich hab doch gesehen, wie du ihr hinterher gesehen hast, als sie zur Tür raus ist.«

»Alter, die Verrückte will hier jeden Tag mit einer Kamera auflaufen! Hast du schon mal darüber nachgedacht, was die Krankenkasse mit Betrügern macht? Was meinst du, was los ist, wenn der Film am Ende tatsächlich öffentlich gezeigt wird?«

»Ach, Quatsch.«

»Ich kann sie nicht einstellen, das geht nicht!«

»Aber der Arsch war wirklich super. Das musst du doch zugeben, oder?«

* * *

Kaum sind Jenny und Nico aus dem Haus taucht Martha bei Paul auf. Sie hat ihre eigenen Lieblingszäpfchen mitgebracht. Weil sie behauptet, dass Paul immer so lange braucht auf der Toilette.

Am nächsten Morgen ruft Paul nicht gleich bei Frau Müller an. Martha ist schließlich schon wieder in seiner Wohnung. Als sie nach drei Stunden endlich geht, ist es kurz nach halb zehn und Paul greift sofort zum Telefonhörer.

»War denn wirklich keine einzige Bewerberin dabei, mit der Sie es versuchen würden?«, fragt Frau Müller.

»Leider ---«, sagt Paul.

»Hätte ich mir denken können, dass es schwierig wird mit Ihnen. Wo Sie von Nico zu uns gebracht wurden.«

Sie lacht, aber es klingt nicht so, als würde sie das wirklich lustig finden.

»Ich kann Ihnen Martha nicht ewig zur Verfügung stellen. Da brauchen wir dann noch ein oder zwei Springer, bis Sie jemand Neues gefunden haben. Das müssten dann auch Männer ---«

»Wegen Martha. Von mir aus können wir sie auch komplett austauschen.«

»Ha!«

Das war jetzt definitiv kein Freudenschrei.

»Wie stellen Sie sich das vor, Herr Altenburg? Wir haben zurzeit keine weibliche Mitarbeiterin, die ähnlich flexibel ist wie Martha. Aber auch sie braucht mal einen freien Tag.«

Ginge es nach Paul, könnte Martha gleich ein freies Jahr bekommen. Eigentlich wäre jetzt die Zeit gekommen, um zu sagen, dass seine Schmerzen doch nicht so schlimm sind. Den ganzen Betrug rückgängig machen, bevor es zu spät ist.

»Mir ging es die letzten Tage eigentlich ganz gut«, stammelt Paul. »Vielleicht komme ich auch ein paar Tage ohne Assistenz aus. Also für's Erste.«

»Wollen Sie mich auf den Arm nehmen!«

»Äh, nein.«

»Wie soll ich das gegenüber der Krankenkasse rechtfertigen? Sie sind Pflegestufe 2, Mensch! Ich kann Sie jetzt nicht einfach allein in Ihrer Wohnung versauern lassen!«

»Ach so«, sagt Paul kleinlaut. Wäre er mutig und selbstbewusst, dann würde er wenigstens versuchen, ihr zu widersprechen. Ist er aber nicht.

»Hören Sie mal ---« Frau Müller schlägt nun einen versöhnlicheren Tonfall an. »Vorhin hat eine junge Frau bei mir angerufen, die gestern bei Ihnen war. Lara. Macht eigentlich einen sehr soliden und netten Eindruck. Sie wollte von mir wissen, wie es mit der Stelle aussieht. Sie will den Job unbedingt machen. Aber das können nur Sie entscheiden.«

»Tja ---«

»Ich kann Ihnen natürlich auch morgen für zwei Tage einen neuen Springer vorbeischicken. Männlich. Und danach dann wieder Martha für fünf Tage. In der Zwischenzeit können Sie auch selbst nach einer möglichen Assistentin suchen.«

Wie soll er selbstständig nach einer Assistentin suchen? Dafür müsste er ja eine Frau ansprechen.

»Überlegen Sie es sich, Herr Altenburg. Wir wollen alle nur, dass Sie als Kunde bei uns glücklich werden, nicht wahr. Aber es liegt bei Ihnen – wie wollen wir jetzt weiter vorgehen?«

Oh, Mann! Immer diese Entscheidungen. Wahrscheinlich ist es mit dieser Lara immer noch besser als mit Martha. Aber wie wird er sie wieder los, wenn er doch noch seine Traumprinzessin findet?

Paul seufzt. Dann gibt er Frau Müller eine Antwort.

7.

Die sechs Stunden tägliche Assistenz werden aufgeteilt. Morgens kommt Lara zwei Stunden vorbei, bis Paul zur Uni geht. Am Nachmittag und Abend ist Lara die restlichen vier Stunden bei Paul. Und das von Montag bis Samstag. Sonntags hat Lara frei und ein Springer kommt zum Einsatz. Aber Frau Müller ist gnädig. Sie schickt ihm am Wochenende nicht Martha vorbei, sondern Klaus.

»Der hat immerhin lange Haare«, hat Frau Müller gewitzelt.

Klaus ist eine Art Alt-Hippie – nur dass er dafür eigentlich noch zu jung ist. Anfang der Achtziger war Klaus einer der ersten Zivis bei *Hilfe zum Leben*. Damals wollte er noch studieren. Aber irgendwie war das, was er in der Zeit erlebt hat, genug für ihn. Mehr Ehrgeiz irgendetwas anderes im Leben zu erreichen, als Pflegehelfer, hatte er plötzlich nicht mehr. Oder um es mit seinen eigenen Worten zu sagen: »Ich bin da irgendwie bei Urinbeuteln und Toilettenstühlen hängengeblieben.«

Klaus ist verpeilt, das merkt Paul gleich. Wahrscheinlich kifft er viel. Aber er macht nur die Arbeiten, die Paul von ihm verlangt. Schon nach dem ersten Treffen ist klar, dass Paul ganz gut mit ihm klarkommen kann, und dass er sich mit ihm gut über umstrittene Themen unterhalten kann. Wie die Legalisierung von Cannabis, den Sinn oder Unsinn von Studentenprotesten und die besten Reinigungsmethoden für Wasserfilter.

Sowohl Klaus als auch Lara erhalten einen Schlüssel zu Pauls Wohnung. Der normale Arbeitstag für Lara beginnt um sieben Uhr. Sie kommt in seine Wohnung, sieht nach, ob er schon wach ist, fragt, ob sie ihm aus dem Bett helfen soll.

»Ne, ich glaub, heute versuch ich es mal alleine«, ist die typische Antwort.

Sie bereitet ihm das Frühstück vor, berät ihn beim Anziehen und sortiert das Chaos in der Wohnung.

»Wie hast du das früher alles alleine geschafft?«

»Na ja, man wurschtelt sich halt so durch«, sagt Paul. Und das stimmt sogar irgendwie. Er kennt Typen, die im Rollstuhl sitzen und weniger beweglich sind als er und trotzdem keine Assistenz haben. Die schlagen sich auch irgendwie alleine durch. Vielleicht, weil sie zu stolz sind zuzugeben, dass sie Hilfe bräuchten.

Auch beim Anziehen der Stützstrümpfe hilft Lara ihm. Nun, das ist tatsächlich hilfreich. Obgleich es sowohl Paul als auch Lara peinlich ist.

»Wozu soll das eigentlich gut sein?«

»Sonst schwellen die Beine an.«

»Ach, was.«

Lara bringt wirklich überhaupt keine Erfahrung in der Betreuung von Menschen mit Behinderungen mit. Aber das ist nicht schlimm. Dafür macht sie nur die Arbeiten, um die Paul sie bittet. Auf die Idee, ihm beim Kathetern oder beim Abführen helfen zu wollen, kommt sie zum Glück nicht. Sie hat ihn bisher nicht einmal gefragt, wie er diese Aufgaben eigentlich bewältigt. Wahrscheinlich ist es ihr peinlich. Besser, wenn es so bleibt.

Erst nach einer Woche bringt Lara zum ersten Mal ihre Kamera zur Arbeit mit. Sie installiert ein Stativ und filmt, wenn sie Paul das Essen reicht oder Paul sich mit seiner elektrischen Zahnbürste die Zähne putzt. Wenn das so bleibt, dann sind diese Filmaufnahme nur halb so wild, wie er befürchtet hat.

»Weißt du was«, sagt Nico, als dieser ein paar Tage später mit Paul telefoniert. »Ich freue mich für dich.«

»Wieso denn?«

»Na, das läuft doch super an mit Lara.«

»Wie meinst du das? Die Alte braucht mich nur als Super-Krüppel für ihre Märchenstunde.«

»Freu dich, dass du mal im Mittelpunkt stehst.«

»Ich wollte dich eigentlich was anderes fragen«, sagt Paul.

Der ambulante Dienst hat alle seine Anfragen, ob es neue Bewerberinnen gibt, die sich bei ihm vorstellen könnten, abgeblockt. Frau Müller hat ihm versichert, dass es in den letzten zwei Wochen keine neuen Bewerbungen bei ihnen gab. Das sei auch nicht ungewöhnlich zu dieser Jahreszeit, wo der Herbst so weit fortgeschritten sei und all die jungen und hübschen Studentinnen, die jedes Jahr nach Heidelberg kommen bereits anderswo einen Nebenjob gefunden haben. Aber nächstes Jahr im Spätsommer, wenn die neuen Studenten kommen, da steigen die Bewerbungen erfahrungsgemäß sprunghaft an. »Nächstes Jahr!«, hat Paul gesagt. »Im Spätsommer!«

»Oder Sie suchen sich selbst eine Assistentin. Es liegt ganz bei Ihnen.«

Jetzt nimmt Paul all seinen Mut zusammen. »Nico, vielleicht kannst du mit mir auf die Piste gehen und ein paar Mädels ansprechen. Irgendeine wird bestimmt an einem Job interessiert sein.«

»Komm mal wieder runter, Paul. Weißt du, was mir aufgefallen ist in den letzten Tagen?«

»Nein.«

»Sobald du mit Lara zusammen bist, verhältst du dich überhaupt nicht mehr wie ein Volltrottel.«

Soll das ein Kompliment sein?

»Das ist nur, weil wir lediglich ein Arbeitsverhältnis haben. Ich will halt nichts von ihr.«

»Verleugnung!«

»Wie meinst du das? Ich interessiere mich nicht für sie. So ist es halt. Da sind keine Schmetterlinge, die in meinem Bauch herumschwirren.«

»Kommt noch«, sagt Nico.

»Glaub ich nicht.«

»Wart nur ab. Du bist mitten in der Verleugnungsphase. Aber keine Angst. Das ist alles Teil meines 4-Punkte-Geheimplans, um dich zu verkuppeln. Bisher läuft alles wie am Schnürchen.«

»Und wärst du so nett, mir die anderen Punkte zu verraten? Ich würde mich gern auf weitere Anschläge deinerseits vorbereiten.«

»Dann wäre es ja kein Geheimplan mehr.«

Paul seufzt. Er hört ein Geräusch in der Telefonleitung, eine Tür, die aufgeht. Nico ruft: »Hey Jenny! Bringst du mir noch 'ne Zeitung?«

Und Paul fragt: »Sag mal. Sitzt du gerade auf dem Klo?«

»Das willst du nicht wissen, Alter.«

* * *

Eines Morgens kommt Lara ins Bad, als Paul gerade in seinem Duschstuhl sitzt. Nackt und nass.

»Ich finde den Wäschekorb nicht. Hast du - Oh ---«

Lara dreht sich sofort um. Paul wendet seinen Blick zur Seite. Keine Möglichkeit zur Flucht. Doch nach einem Moment der Stille fragt Lara: »Handtuch?«

»Äh, ja«, sagt Paul. »Danke.«

Als Paul später in der Unibibliothek sitzt, denkt er darüber nach, wie viele Frauen ihn eigentlich schon nackt gesehen haben. Nicht viele, wenn man seine Mutter und die Krankenschwestern und Pflegerinnen in der Erst-Reha nicht mitzählt. Privat nackt gesehen hat ihn bisher nur Lisa. Seine erste Freundin. Und auch die Einzige. Da war er neunzehn, es war noch vor seinem Unfall. Er lernte sie bei einem Konzert im Jugendtreff kennen und verliebte sich nicht sofort in sie. Das kam erst, nachdem er nach ein paar Wochen merkte, dass sie anders war als die anderen Leute, mit denen er seine Zeit verbrachte. Sie hatte traurige Augen, auch wenn sie lächelte, und das faszinierte ihn.

Nachdem sich die ersten Schmetterlinge in seinem Bauch zeigten, hat er drei Monate nichts unternommen. Natürlich hat er sich nicht getraut, Lisa anzusprechen. Wie bei allen Mädchen, in die er sich in den Jahren zuvor verliebt hatte. Seine Kumpels in der Schule hatten alle spätestens in der sechsten Klasse die ersten Freundinnen. Seine Kumpels waren aber auch nicht so schüchtern wie er. Schon damals war es so.

Lisa schrieb er schließlich eine E-Mail und offenbarte ihr seine Gefühle. Sie schrieb nicht zurück, aber als sie sich das nächste Mal sahen, fragte sie ihn, ob sie mal gemeinsam ins Kino gehen sollten.

»Äh, klar«, krächzte Paul.

Weil nichts anderes lief, landeten sie schließlich in

einer seichten deutschen Liebeskomödie. Von der E-Mail kein Wort von Lisa. Er dachte schon, alles sei verloren, er hätte sich für immer zum Trottel gemacht, als er sie am späten Abend schweigend bis vor ihre Haustür begleitete.

»Tschüss«, sagte Paul.

Und Lisa kam zu ihm und küsste ihn auf den Mund.

Denkt er heute darüber nach, dann hatte Lisa wahrscheinlich einen Fetisch für schüchterne Jungs. Anders ist es nicht zu erklären, dass sie Hals über Kopf mit ihm zusammen kam, obwohl er auch nach dem denkwürdigen ersten Kuss in seinem Leben kaum einen zusammenhängenden Satz mit ihr wechselte.

8.

Weisheiten, die Paul gelernt hat, seit er im Rollstuhl sitzt:
* Rollstuhl-Alu ist stabiler als Fahrstuhltüren
* Trinke nie mehr als drei Bier in einer Kneipe, wenn die Toilette im Keller ist
* Falls du wirklich mal Hilfe brauchst, ist weit und breit kein Fußgänger zu sehen
* Stelle dich nie in die Nähe eines Zebrastreifens oder einer Ampel, wenn du nicht auf die andere Seite willst

Paul hat alle diese Regeln auf die harte Tour mitbekommen. Zum Beispiel als er das erste Mal in der legendären Heidelberger Pinte gelandet ist. Die Saufgelage dort sind legendär. Paul wollte sich nicht lumpen lassen. Und musste sich am Ende dreimal vom Kellner in den Keller tragen lassen.

Und wie oft war er irgendwo beim Sightseeing und wurde plötzlich von irgendjemand über die Straße geschoben, nur weil er sich in die Nähe einer Ampel gestellt hatte?

Wirke immer bedürftig und lasse dir von allen Mitmenschen helfen, um sie nicht zu provozieren, könnte auch eine Weisheit sein, an die Paul sich halten könnte. Aber das ist natürlich Unsinn. Kein Rollstuhlfahrer spielt den hilflosen, nur damit die Gutmenschen ihre barmherzigen Taten vollbringen und ihr Gewissen beruhigen können.

Lara lernt Pauls Probleme mit der aufdringlichen Hilfsbereitschaft seiner Mitmenschen das erste Mal kennen, als sie ihn zum Einkaufen in den Supermarkt begleitet. Es sind nur ein paar hundert Meter bis zu dem Laden. Lara läuft zwei Meter hinter Paul mit dem Einkaufskorb in der Hand. Plötzlich hält eine Fahrradfahrerin abrupt neben den beiden an, als sie eine Straße überqueren. Die Dame starrt Paul an und dann Lara.

Zum Glück sagt sie nichts. Aber ihr Blick soll wohl so etwas bedeuten wie: »Ja, schämen Sie sich denn nicht! Jetzt helfen Sie doch dem armen Mann!«

Paul könnte im Boden versinken. Wie man mit solchen Menschen umgeht? Er hat keine Ahnung.

Doch Lara bleibt stehen und dreht sich ganz lässig zu der Frau.

»Der muss trainieren. Für den *Iron Man*.«

»Also ---«, die Dame schüttelt den Kopf und grummelt noch irgendetwas unverständlich vor sich hin. Dann steigt sie auf ihr Rad und fährt schnaubend dem Sonnenuntergang entgegen.

Paul sieht Lara an.

»Wow«, sagt er. »Das war gut. Muss ich mir merken.«

»Keine Ursache. Blöde Sprüche gibt's bei mir gratis.«

* * *

An einem Freitag Nachmittag, Paul ist gerade von der Uni zurück, klingelt es, und da Lara gerade mit der Wäsche beschäftigt ist, macht sich Paul auf und öffnet die Tür. Vor ihm im Hausflur steht ein schlaksiger Typ um die Zwanzig mit einem Ordner unter dem Arm.

»Hi. Ich bin Max«, erklärt der Kerl. »Ich bin in einer schwierigen Situation. Aber ich bin mir sicher, dass du mir helfen kannst.«

Worauf läuft das wieder hinaus? Vielleicht hätte er

doch Lara bitten sollen, die Tür zu öffnen. Wenn fremde Männer plötzlich im Hausflur stehen, heißt das meist nichts Gutes.

Leider ist Paul furchtbar schlecht in solchen Situationen. Er kann sich nicht durchsetzen und schafft es nicht zu sagen, dass er das angebotene Produkt nicht braucht – egal ob Staubsauger, Glückslos oder Seelenheil. Was regelmäßig dazu führt, dass er sich dreißig Minuten die Vorteile einer Risikolebensversicherung anhören muss, während in der Küche das Essen anbrennt.

Und warum duzt dieser Max ihn eigentlich?

»Mäxchen ist leider vor einigen Jahren von der rechten Bahn abgekommen und muss jetzt resozialisiert werden.«

»Aha«, sagt Paul. Und versteht nur Bahnhof. Und warum spricht *Mäxchen* jetzt in der dritten Person und in Verniedlichungsform von sich?

»Zum Glück gibt es diese großartige Firma, die mir hilft bei meinem Weg zurück zu einem verantwortungsbewussten Mitglied der Gesellschaft.« Mäxchen zeigt Paul das Firmenlogo auf dem Ordner. »Wenn du mir ein Zeitungsabo abkaufst, dann erhalte ich von diesen netten Menschen eine Unterstützung ---«

Okay. Alles klar. Drücker-Kolonne. Das hat ihm wirklich noch gefehlt.

Er muss einfach nur sagen, dass er kein Zeitungsabo braucht. Dann ist der Spuk gleich vorbei. Das kann doch nicht so schwer sein. Aber warum spürt er dann schon wieder den Schweiß auf seiner Stirn?

»Ich brauch eigentlich gar kein Abo«, presst Paul hervor.

Na also. Das war doch gar nicht so schlecht. Gut, das

Wort *eigentlich* hätte er sich sparen können. Damit relativiert er seine Aussage.

»Ach, was. Das ist doch für den guten Zweck«, sagt Mäxchen. »Ich hab auch alle möglichen Magazine im Angebot. Ist für jeden was dabei. Lass mal sehen. Zum Beispiel 'ne Motorrad-Zeitschrift?«

»Also eigentlich ---«

»Ich hätte auch den *Playboy*. Oder *Schöner Wohnen*.«

Und so geht das bei Mäxchen immer weiter. Ohne Luftholen. Es gibt gar keine Chance für Paul, ihm ins Wort zu fallen. Aber wenn er ehrlich zu sich ist, hat er seine Munition bereits verschossen. Nach fünf Minuten willigt er ein, einen Vertrag zu unterschreiben. Den muss er doch innerhalb von 14 Tagen kündigen können. Oder?

Für Paul ist es der kürzeste Weg, um aus diesem Schlamassel herauszukommen. Wenn auch nicht erhobenen Hauptes.

Hoffentlich bekommt Lara das jetzt nicht mit, denkt er noch. »Wo muss ich unterschreiben?«

»Da freut sich Mäxchen aber«, sagt Mäxchen und reicht ihm einen Zettel von einem einfachen Quittungsblock, den er auf seinen Ordner als Schreibunterlage legt.

In diesem Moment tritt Lara mit einem Korb voller schmutziger Wäsche in den Flur. Als Paul sie über seine Schulter sieht, muss er den Blick peinlich berührt von ihr abwenden.

»Was ist denn hier los?«, fragt Lara. Sie stellt den Wäschekorb ab und kommt auf die beiden zu.

»Willst du auch ein Zeitungsabo? Ist für den guten Zweck«, sagt Mäxchen und grinst.

»Du willst doch da nicht wirklich unterschreiben«,

sagt Lara zu Paul.

»Äh, na ja. Im Zweifelsfall kann ich es immer noch kündigen und ---«

»Sorry, Junge«, sagt Lara. Sie nimmt den Zettel in die Hand und zerreißt ihn vor den Augen von Mäxchen. »Wir brauchen keine Abos. Wenn du Hilfe brauchst, dann geh doch zur Bahnhofsmission.«

Ohne ein Wort zu sagen, zieht Mäxchen ab.

Paul atmet tief durch. Jetzt hat sie es gemerkt! Nun weiß sie, wie unbrauchbar er für das echte Leben ist.

»War doch ganz einfach den Typ loszuwerden«, sagt Lara, als hätte sie seine Gedanken erraten. Sie lächelt Paul an.

Er sieht zu ihr auf. Wie sie locker und lässig dort steht, die Arme verschränkt. Wie macht sie das nur?

»Das --- war eine gute Leistung«, sagt er anerkennend.

* * *

»Cool«, sagt Lara eines Abends, als Paul mit frisch geputzten Zähnen aus dem Bad kommt. »Du hast *Twin Peaks* auf DVD.«

Lara bezieht gerade seine Bettwäsche neu, ihr Blick fällt auf die DVDs in dem Regal, das den Raum trennt.

»Klar«, sagt Paul. »Großartige Serie.«

»*Twin Peaks*, das ist der Wegbereiter für die moderne Fernsehserie. Sowas wie *Lost* oder *Desperate Housewives* hätte es ohne *Twin Peaks* nie gegeben.«

»So genau kenne ich mich da nicht aus«, gibt Paul zu. »Aber die Serie hatte immer schon eine mystische Anziehungskraft auf mich.«

»Ich hab das ewig nicht mehr gesehen.«

»Die DVD-Box steht bei mir auch schon seit Ewigkeiten ungenutzt im Regal«, sagt Paul. »Wenn du willst, können wir uns ein oder zwei Folgen ansehen. Oder musst du gleich los?«

Lara lächelt und sieht auf die Uhr.

»Das wäre cool. Ein bisschen Zeit habe ich noch.«

Da der Fernseher im Schlafzimmer-Bereich steht, bietet Paul ihr das Bett zum Sitzen an und bleibt selbst noch in seinem Rollstuhl. Paul schaltet das Licht aus, um wenigstens ein bisschen Kinoatmosphäre zu schaffen, dann startet er die DVD mit der Pilotfolge. Bereits bei den ersten Tönen der Titelmusik, wird Paul von den atmosphärischen Klängen in seine Jugend zurückgetragen. Damals, als er die Serie zum ersten Mal als Wiederholung im Fernsehen gesehen hat und dabei mit Lisa geknutscht hat.

Doch an die Vergangenheit will Paul heute nicht denken. Als er zu Lara sieht, merkt er, dass auch sie ganz in die Welt von *Twin Peaks* hineingezogen zu sein scheint. Als die Leiche das erste Mal zu sehen ist, murmelt Lara: »Arme Laura.«

Das weiche Licht des Fernsehbildes tanzt über Laras Gesicht. Paul fällt es jetzt schwer, den Blick von ihr zu wenden. Ihre schmale Nase, die großen Augen, die ebenmäßige Haut. Die zarten Lippen. Ist sie immer schon so wunderschön gewesen und ihm ist das bisher nur nie aufgefallen? Wie es sich wohl anfühlen würde, sie zu küssen?

Hat er das gerade gedacht? Du meine Güte, wie kommt er denn darauf! Und: Ist das eine Träne, die gerade in Laras Auge zu sehen ist? Weint sie wegen des tragischen Schicksals von Laura Palmer? Oder doch eher wegen der Schönheit der Filmbilder? Oder wegen etwas ganz anderem?

Wie dem auch sei. Nicht nur *Twin Peaks* ist mythisch, denkt Paul. Auch die Frau neben ihm strahlt in diesem Moment eine geheimnisvolle Anziehungskraft auf ihn aus. Hinter ihrem coolen Panzer steckt mehr als er gedacht hat. Und das möchte er erkunden.

9.

Als Paul zwei Tage später Nico anruft, tanzen die Schmetterlinge in seinem Bauch bereits Pogo.

»Du hattest recht«, sagt Paul. »Ich brauche diese Frau.«

»Na, siehst du, Alter.«

»Es gibt nur ein Problem.«

»Ist klar – du weißt nicht, wie du sie ansprechen sollst. Aber keine Angst. Dafür hast du ja mich. Ich helf dir, Alter.«

»Nein, das ist es nicht. Na ja, auch. Aber bevor ich ihr meine Gefühle offenbare, muss ich ihr doch erst mal die Wahrheit sagen.«

»Welche Wahrheit?«

»Der Schwindel. Mit der Assistenz. Ich kann doch keine Beziehung auf einer Lüge aufbauen.«

»Langsam, Alter! Schalt mal einen Gang runter. Du kannst ihr nicht die Wahrheit sagen.«

»Ich muss.«

»Auf gar keinen Fall. Wer hat denn rumgestresst wegen dem Dokumentarfilm? Du hattest doch Angst, dass alles auffliegt!«

»Ja, aber so geht das nicht weiter. Nicht jetzt, wo ich wirklich etwas für sie empfinde.«

»Auf keinen Fall! Was denkst du denn, wie sie reagieren wird? Wie soll sie denn weiter für dich arbeiten, wenn du ihr das alles erzählst? Du hast das überhaupt nicht richtig durchdacht!

Paul hört, dass die Wohnungstür geöffnet wird.

»Ich muss Schluss machen«, sagt er. »Lara ist da.«

»Jetzt warte mal«, sagt Nico.

Doch Paul hat bereits aufgelegt.

Als Lara Pauls Küche betritt, lächelt sie. Ihre Stimmung scheint großartig zu sein. Das ist gut. Unangenehme Offenbarungen überbringt man am besten in der richtigen Situation.

»Ich, äh, muss dir etwas erzählen«, sagt Paul.

»Ach ja, ist es was Gutes?«

»Äh, wieso denn? Also schon irgendwie. Es kommt auf die Perspektive an.«

Die Wahrheit ist immer positiv. Nur Mut.

»Wenn es was Gutes ist, dann los.«

»Ja, also«, sagt Paul. Sein Herz fängt unwillkürlich an zu rasen. Das ist schwieriger, als er sich es eben noch ausgemalt hat. »Es geht um meinen Assistenzbedarf ---«

»Ja?«

Sie legt ihre Jacke über einen Stuhl, geht zum Kaffeeautomaten und schaltet ihn ein.

Er muss tief durchatmen. Vielleicht kann er sich noch einen Moment Galgenfrist erkaufen.

»Äh, warum hast du eigentlich so großen Wert darauf gelegt, dass ich nur etwas Gutes erzähle?«, fragt er.

»Weil ich so gut gelaunt bin, wie seit Langem nicht, und heute keine schlechten Nachrichten ertragen kann.«

»Ach so?«

»Ja. Ich muss dir nachher auch noch etwas Großartiges erzählen«.

»Was denn?«

Lara hat mittlerweile eine Tasse unter den Automaten gestellt.

»Ich habe einen Unterstützer für meinen Film gefunden«, sagt sie, während der Kaffee durchläuft.

»Ach, was.«

»Ja. Du kennst ihn auch.«

»Ehrlich?«

»Herr Richter. Dein Sachbearbeiter vom MDK. Kaffee?«

Sie hält ihm die gefüllte Kaffeetasse vor die Nase, doch Paul reagiert nicht. Er fühlt sich wie eingefroren.

Lara drückt Paul die Tasse in die Hand. Dann geht sie zurück zum Kaffeeautomaten und brüht sich selbst eine Tasse Kaffee.

»Er will mir bei Kontakten zu möglichen Sponsoren helfen, damit die Unkosten für den Film gedeckt sind.«

»Aha.«

»Ja, aber es kommt noch besser.«

»*Noch* besser?«

»Herr Richter hat sich bereit erklärt, das Dokumentarfilmprojekt persönlich zu begleiten und mich zu beraten. Ich zeige ihm das gesamte Rohmaterial, das ich aufnehme.«

Ein lauter Knall.

Die Tasse ist Paul aus der Hand gefallen. Die Scherben und die Kaffeelache bilden ein weißbraunes Mosaik auf dem Boden. Lara hat sofort einen Lappen zur Hand.

»Oh, Paul. Du Armer.«

»Geht schon wieder.«

»Und was wolltest du mir erzählen?«, fragt sie, als sie in die Hocke geht, um die Scherben zusammenzukehren.

»Äh. Ach. Ist nicht so wichtig. Mit deiner Neuigkeit kann ich nicht mithalten.«

Lara erhebt sich und umarmt Paul.

»Ich freue mich so!«

10.

Die zwei Kameraakkus sind geladen. Das Aufsteckmikro ist bereit. Die SD-Karten zur Aufnahme sind geleert. Lara sortiert ihre Filmausrüstung in der großen Tragetasche. Heute Abend wird sie die Kamera zum ersten Mal zum Rugby-Training mitnehmen.

Nur Paul wirkte nicht sehr begeistert, als sie ihn gestern gefragt hat, ob das für ihn okay ist. Eingewilligt hat er trotzdem. Vielleicht liegt das an seiner Schüchternheit und er traut sich nicht, ihr seine Meinung zu sagen. Aber was soll so schlimm daran sein, wenn sie ihn beim Training filmt?

Paul ist sowieso sonderbar in den letzten Tagen. In den ersten zwei Wochen, die sie bei ihm war, verhielt er sich ihr gegenüber regelrecht pampig. Doch auf einmal ist er wie ausgewechselt. Jetzt wuselt er ständig um sie herum und will sich mit ihr unterhalten.

Mit dem Job und ihren Aufgaben bei ihm hat Lara sich mittlerweile abgefunden. Anfangs dachte sie, sie müsse ihm auch beim Stuhlgang assistieren, aber das bekommt Paul alleine hin. Wie genau er das macht, davon hat sie immer noch keine Ahnung. Irgendwann muss sie ihn dazu ausfragen, nur wie? Stuhlgang ist da, wo sie herkommt, kein typisches Thema für Tischkonversation.

Sie ist also auch ein wenig schüchtern, muss sie sich eingestehen. Zumindest wenn es um intime, medizinische Fragen geht. Lara hatte in ihrem ganzen Leben noch keinen Kontakt zu Behinderten. Mal abgesehen von ihrem Klassenkamerad Marco, der schon in der Grundschule ein Hörgerät tragen musste. Aber das ist doch etwas ganz anderes.

Bei ihren ersten Begegnungen mit Paul ist sie schnell ins Schwitzen geraten. Wie gibt man einem Rollstuhlfahrer die Hand? Es ist ihr mittlerweile ein bisschen peinlich, aber als Paul ihr das erste Mal die Hand hingestreckt hat, traute sie sich nicht seinen Handschlag zu erwidern. Die Finger hingen schlaff herab und sie wusste nicht, ob sie ihm nicht wehtut, wenn sie seine Hand drückt. Das ist natürlich Unsinn, wie sie jetzt weiß. Paul ist genauso stabil, wie jeder andere Mensch. Nur, dass seine Handflächen taub sind. Sie hätte also so fest zudrücken können wie ein Nussknacker.

Eine andere große Herausforderung für sie war zu erkennen, wann ein Rollstuhlfahrer ihre Hilfe benötigt und wann er eine Sache alleine erledigen kann. Lara ist schnell aufgefallen, dass Paul in dieser Beziehung gereizt reagiert. Seither wartet sie, bis er sie bittet, etwas für ihn zu erledigen. Das entspannt die Situation. Und als sie neulich einer Radfahrerin, die darüber richten wollte, ob Paul allein über die Straße gehen kann oder dafür Hilfe benötigt, spontan einen Spruch gedrückt hat, da hatte sie den Eindruck, dass sie in Pauls Gunst ein kleines Stück gestiegen ist. Das ist gut. Schließlich hat sie den Job nicht nur wegen des Geldes angenommen. Was sie nicht aus den Augen verlieren darf, ist ihr Filmprojekt. Und dafür ist sie auf Pauls Wohlwollen angewiesen.

Immerhin hat sie jetzt einen Unterstützer für ihren Film gefunden. Nachdem Lara klar geworden war, dass sie Geld brauchen würde, um eine professionelle Tonmischung von einem Profi erstellen zu lassen und um den Film später als digitale Kinokopie umwandeln zu lassen, die auf allen digitalen Kinoprojektoren abgespielt werden kann, hat sie sich lange Gedanken gemacht, wer Interesse haben könnte, ihr Projekt zu unterstützen.

Zufällig erhielt sie eine Postsendung ihrer Krankenkasse. Diese lud zu einer Kinoveranstaltung im *Capitol* in Mannheim ein. Gezeigt wurde ein Dokumentarfilm über psychische Probleme. Begleitet von einem Rahmenprogramm mit einem Kurzvortrag einer Psychotherapeutin und einer anschließenden Diskussionsrunde mit Selbsthilfegruppen.

Lara rief bei der Krankenkasse an. Dort hieß es, die Filmvorführung sei auf den Vorschlag eines filmbegeisterten MDK-Mitarbeiters zustande gekommen. Ein gewisser Herr Richter. Als Lara mit ihm telefonierte, fand sie schnell heraus, dass dieser auch für die Überprüfung von Paul verantwortlich war.

Herr Richter war begeistert von ihrem Filmkonzept, als sie ihn in seinem Büro besucht hat. Er hat ihr versprochen, die Idee bei der Krankenkasse vorzustellen und ein gutes Wort für sie einzulegen. Und tatsächlich, drei Tage später kam der Anruf. Sie stellen ihr gerne das benötigte Budget von 4.000 Euro zur Verfügung, solange die Krankenkasse dafür mit dem Film eine groß beworbene Premiere veranstalten darf. Ist der Papst katholisch? Natürlich hat sie ohne nachzudenken zugesagt.

Lara zieht den Reißverschluss der Kameratasche zu und atmet durch. Immer mit der Ruhe. Heute Abend muss sie einen kühlen Kopf bewahren. Sie darf Paul nicht zu sehr mit ihrer Kamera unter Druck setzen, um seine Gunst nicht zu verspielen. Gleichzeitig muss sie voll konzentriert sein, um die perfekten Bilder einzufangen. Rollstuhl-Rugby ist ein actiongeladener Sport. Aber schnelle Bewegungen auf einem Spielfeld in Szene zu setzen ist nicht einfach. Filmt sie das Geschehen in einer statischen Totale, dann wirken die Bilder später wie ein Schnecken-Rennen. Sie braucht Nahaufnahmen von aneinanderknallenden Rollstühlen, um die Emotionen richtig einzufangen. Aber um solche zu drehen, muss sie als Kamerafrau immer im richtigen Moment an der richtigen Stelle stehen. Und das ist nicht leicht.

Aber wenn sie ihren Job gut macht, dann hat sie am Ende imposante Bilder im Kasten, die sowohl Herrn Richter, das Publikum und sogar Paul vom Hocker reißen werden.

* * *

Was ist nur mit Paul los?

Nico steht auf dem Spielfeld und beobachtet seinen Freund, der gerade einen einwandfreien Pass an sich vorbeifliegen lässt.

Klar. Fürs echte Leben taugt Paul nicht. Aber wenn er was bisher richtig gut konnte, dann war das Rugbyspielen. Ausgerechnet heute, wo Lara das erste Mal die Kamera zum Spiel mitbringt. Oder liegt es *gerade* an der Kamera?

Davon sollte Paul sich nicht verrückt machen lassen. Sein Versteckspiel fliegt nicht auf, solange er sich ganz normal verhält. Doch desto nervöser Paul agiert, desto auffälliger wird seine Verstellung.

Das kommt davon, wenn man versucht, aus einem Warmduscher einen Weiberheld machen zu wollen.

»Das gibt's doch nicht!«, brüllt Harry, der gerade ausgewechselt hinter der Linie steht und sich das Debakel ansieht. »Scheiße! Das ist die Rollstuhlmannschaft. Die

Blinden trainieren gegenüber!«

Zeit für eine Pause, denkt sich Nico. Er lässt sich gegen einen anderen Defensiv-Spieler auswechseln und gesellt sich zu Harry.

»Was ist nur mit deinem Kumpel los?« Harry wirkt ernsthaft besorgt. »Wenn der so weiter macht, haben wir keine Chance beim Turnier.«

»Ihm geht's gesundheitlich nicht so gut. Hast du nicht gehört, dass er jetzt Assistenz braucht?«

Eine clevere Ausrede, wie Nico findet.

»Ja«, sagt Harry und sieht in Laras Richtung. »Von solchen jungen Mädels würde ich mich auch mal gern betreuen lassen. So schlecht scheint es ihm noch nicht zu gehen – solange er noch den Filmstar markieren kann.«

»Paul kriegt das schon hin bis zum Turnier. Er fängt sich wieder. Versprochen.«

»Das will ich hoffen.«

Harry rollt ein paar Meter aufs Feld und gibt ein Zeichen, dass er eingewechselt werden will. Paul kommt auf ihn zu. Nassgeschwitzt wie nach drei Stunden Krafttraining.

»Kümmer dich um deinen Kumpel. Sonst reiß ich euch beiden genüsslich den Arsch auf«, sagt Harry zu Nico. Dann rast er aufs Feld, mitten in eine Ansammlung mehrerer Spieler.

Paul greift sich ein Handtuch von der Bank und wischt sich den Schweiß aus dem Gesicht.

»Anstrengend den Krüppel zu spielen!«, sagt er.

»Warum so gereizt?«, fragt Nico.

»Warum? Weil sie die ganze Zeit mit der Kamera auf mich hält! Ich weiß nicht, was ich machen soll.«

»Aber du hast endlich eine Frau gefunden. Also – alles

super.«

»Ja, klar. Nur, dass ich ihr weder die Wahrheit gesagt habe, noch was ich für sie empfinde. Und wenn auffliegt, dass ich den Krüppel nur spiele, dann reißt mir die Krankenkasse den Arsch auf.«

»So gesehen.«

»Und Lara reißt mir den Arsch auf, wenn ich ihren Film versaue.«

»Tja. Und Harry reißt dir den Arsch auf, wenn du die Mannschaft vernachlässigst. So wie du spielst, stufen die dich fürs Turnier zum Low-Pointer runter. Das war's dann mit der Position als Star-Stürmer. Dann musst du sogar in einen defensiven Rugbystuhl wechseln und als Verteidiger antreten.«

»Ja, gut. Das kann nicht so schwer sein. Du kriegst das ja auch irgendwie hin.«

Nico überhört diese Degradierung seiner Leistung wohlwollend.

»Wenn ich Lara vergraule, dann weiß ich nicht, was ich tun soll. Was meinst du, wie oft ich in meinem Leben noch die Chance bekomme, eine Frau wie sie zu finden?«

»Du klingst wie ein verliebter Teenager in 'ner Fernseh-Soap.«

»Hilfst du mir, die Krüppel-Geschichte solange zu decken, bis der Film fertig ist und Lara mich richtig kennengelernt hat?«

»Bleibt mir eine Wahl?«

»Danke.«

Paul lässt sich wieder einwechseln und rollt zurück auf das Spielfeld.

»Mach sie platt«, ruft Nico ihm zu.

Doch schon beim ersten Ball, der in Pauls Richtung fliegt, sieht dieser in Richtung Kamera. Der Ball rutscht aus seinen Händen und rollt ins Seitenaus. Auch den gegnerischen Spieler, der auf ihn zu rast, sieht Paul zu spät.

Die Rugbystühle knallen gegeneinander. Pauls Stuhl wird zwei Meter zurückgestoßen und dreht sich dabei nach links. Dann fällt er um und Paul rutscht über den Hallenboden.

Lara schreit kurz auf, hält aber mit der Kamera aufs Geschehen.

Bemüht lächelt Paul ihr zu. »Nichts passiert.«

»Ich glaub's nicht!«, ruft Harry.

Nico schüttelt den Kopf.

Na ja, immerhin mit den Frauen macht sein Junge Fortschritte.

11.

»Au! Der Arme«, sagt Henrike.

Lara spielt die nächste Szene ab. Auf dem 24-Zoll-Videomonitor wird Paul noch einmal aus dem Rugbystuhl katapultiert und schleudert über den Hallenboden. Henrike dreht den Kopf zur Seite. Lara drückt auf die Leertaste der Computer-Tastatur und das Bild friert ein.

»Und? Wie findest du das neue Material?«

»Das ist gut«, sagt Henrike. »Mit dem Projekt bist du absolut auf dem richtigen Weg. Aber weißt du, was du noch brauchst?«

Lara sieht sie gespannt an.

»Du brauchst Szenen, die zeigen, worauf Rollstuhlfahrer alles verzichten müssen. Dinge, die für uns normale Menschen ganz alltäglich sind. Das wird Emotionen bei den Zuschauern wecken. Ich meine, was macht ein Rollstuhlfahrer zum Beispiel am Wochenende? Also ich weiß, was ich dieses Wochenende mache.«

Henrike deutet einige Tanzschritte an. Vermutlich Techno. Jedenfalls sehr hibbelig. Dann sieht sie Lara in die Augen. »Aber was hat so ein armer Mensch schon für Möglichkeiten?«

Lara denkt einen Moment nach. Manchmal ist Paul am Samstagabend noch mit Nico auf Kneipentour. Und was er sonntags macht, davon hat sie eigentlich keine Ahnung. Kurzentschlossen ruft sie Paul auf dem Handy an.

»Sag mal, machst du dieses Wochenende, irgendwas Besonderes?«

»Ja, am Sonntag. Da wollte ich dich sowieso fragen, ob du mitkommen möchtest. Es ist ja dein freier Tag. Aber Harry aus dem Rugbyteam hat mich auf eine kleine

Tour eingeladen. Ich glaub, er will sich bei mir einschleimen, damit ich ihn beim Turnier nicht im Stich lasse.«

»Klingt gut. Was macht ihr denn so, wenn ihr zusammen unterwegs seid?«

»Harry will ein paar Runden drehen. Auf dem Hockenheimring.«

Wow, denkt Lara. Mit dem Rollstuhl über eine Formel-Eins-Strecke fahren? – das klingt nach guten Bildern.

»Ist das nicht gefährlich für euch?«

»Äh, ja«, sagt Paul. »Klar. Das wird gefährlich. Wenn du mal mit Harry unterwegs warst, dann weißt du, was ich meine.«

»Und anstrengend?«

»Kann es werden, ja.«

Lara hält die Sprechmuschel zu und wendet sich zu Henrike.

»Sie drehen ein paar Runden mit dem Rollstuhl auf dem Hockenheimring. Aber das ist super gefährlich für sie. Und anstrengend.«

»Na, siehst du«, sagt Henrike und hebt ihren rechten Daumen.

* * *

Laras Augen sind schockgeweitet. Das Motorengeheul durchdringt ihre Gehörgänge und der Sitz unter ihr vibriert.

So hat sie sich ihr Ende nicht vorgestellt. Auf dem Hockenheimring. In einem Wagen, der irgendwann mal ein normaler Audi-Kombi gewesen sein muss. Jetzt aber knallrot lackiert wurde, mit silbernen Sternen als Verzierung. Allein der Auspuff ist riesig. Die Sitze sind auch nicht mehr wie im normalen Auto, sondern wie Schalen geformt, und mit doppelten Gurten auf jedem Platz.

»Ist jetzt ein echter Sportwagen. Das kann ich dir versichern«, sagt Harry.

Lara beruhigt diese Aussage nur geringfügig.

Harry sitzt auf dem Fahrersitz und lässt mit einem nachträglich eingebauten Handpedal den Motor aufheulen. Vom Beifahrersitz aus wird er von Nico angefeuert. Auf der Rückbank sitzen Paul und Jenny und daneben Lara.

Sie nimmt ihre Kamera in die Arme und startet die Aufnahme, doch als Harry anfährt, wird sie von der Beschleunigung zurückgeschleudert. Die drei Jungs jubeln.

* * *

»Ich hab ja gesagt, dass es gefährlich ist, mit Harry einen Ausflug zu unternehmen«, sagt Paul.

Er steht mit Lara etwas abseits, während die anderen es sich bereits an einer Biertischgarnitur neben der Boxenanlage bequem gemacht haben. Lara hat den Oberkörper vornüber gebeugt und stützt sich mit den Händen an den Beinen.

Sie holt tief Luft.

»Geht es wieder?«

Lara nickt.

»Ich dachte, ihr wolltet gemütlich mit dem Rollstuhl über den Ring fahren ---«

»Mit dem Rollstuhl? Wie kommst du denn da drauf?«

»Manchmal ist der Ring doch auch für Inline-Skater

geöffnet. Und beim Firmencup starten sogar Nordic Walker.«

Ganz gemütlich. In dreißig Minuten einmal die Strecke umrunden. So hat sie sich das vorgestellt. Nicht in drei Minuten!

»Aber warum sollen wir mit dem Rollstuhl fahren?«, sagt Paul. »Mit dem Rennwagen macht es doch viel mehr Spaß!«

Was Männer unter Spaß verstehen, wird sie nie begreifen.

Lara hebt ihre Kamera auf, die neben ihr auf dem Boden liegt. Dann gehen sie zu den anderen, die gemütlich zusammensitzen und Bier trinken. Auch Harrys Frau sitzt dabei. Während ihr Mann die gesamte Runde mit Geschichten aus seiner Vergangenheit unterhält, widmet sie sich einem Kreuzworträtsel-Heft.

»So, jetzt habt ihr meine neue Karre mal in Aktion gesehen«, sagt Harry. »War ganz schön Arbeit. Zum Glück kenne ich eine gute Tuningschmiede. Das Problem bei uns Rollstuhlfahrern ist schließlich, dass wir nur Automatikwagen fahren können. Wegen dem Handgas. Sonst hätte ich mir vielleicht gleich einen richtigen Rennwagen gekauft.«

»Wie kannst du dir denn das alles leisten?«, fragt Lara irritiert.

»Du denkst wohl, ich leb nur von der Pflegekasse? Ne, keine Angst«, sagt Harry. »Ich liege niemand auf der Tasche. Ich hab so meine Quellen – und ein gutes Händchen für Schnäppchen.«

Was für Geldquellen das sind, erklärt Harry nicht und Lara traut sich nicht weiter nachzubohren. Es werden ja nicht gerade Mafia-Geschäfte sein. Vielleicht hat er auch einfach nur in eine reiche Familie eingeheiratet?

»Trotz der Automatik«, fährt Harry fort, »das Baby hier hat jetzt 420 PS. Drehmoment 540 Newton-Meter. Für die Aerodynamik hab ich Schweller draufsetzen lassen. Und vorne den verchromten Frontgrill.«

Wenn es nach Lara ginge, dann könnte Harry auch chinesisch reden. Mehr verstehen würde sie trotzdem nicht.

»Langweilig«, sagt Nico. »Das kenn ich alles schon. Alles schon tausendmal im Training erzählt.«

»So, so«, sagt Harry. »Und hab ich euch schon von meiner Zeit als Privatdetektiv erzählt?«

Alle Anwesenden außer Lara nicken. Harry nimmt das nicht weiter wahr. Lara filmt ihn, als er weitererzählt.

»Ich war der Beste. Bin nie aufgeflogen. Wer denkt auch, dass er von einem Krüppel verfolgt wird?«

»Du hast wirklich im Rollstuhl als Privatdetektiv gearbeitet?«, fragt Lara.

»Ja, was hätte ich denn tun sollen? Es hat fast zwanzig Jahre gedauert, bis die Pflegekasse meine Ansprüche anerkannt hat. Irgendwas musste ich ja arbeiten.«

Aber ausgerechnet als Privatdetektiv? Langsam setzt Lara die Kamera auf dem Tisch ab und schaltet sie aus. An was für einen Haufen Verrückter ist sie hier geraten?

Die Welt der Rollstuhlfahrer ist sowieso sonderbar. Wenn sie zusammensitzen, dann unterhalten sie sich ständig über ihre Krankheiten und was sie für einen Unfall hatten. So wie alte Menschen, die auch keine Grenze zur Privatsphäre in körperlichen Dingen kennen.

Lara hat nach den Trainingseinheiten in der Sporthalle schon einige verrückte Unterhaltungen mitangehört. Aber Harry schießt mit seinem Autotuning und seinen

Dirty Harry-Anekdoten den Vogel ab. Sitzt Harry eigentlich wegen eines Autounfalls im Rollstuhl? Das wäre dann wirklich makaber.

»Hattest du auch 'ne Knarre?«, fragt Nico.

»Klar. Die hatte ich mir immer griffbereit zwischen die Beine geklemmt.«

Die Jungs lachen.

»Und die Knarre, die hab ich immer noch. Die kann ich also auch zum Training mitnehmen, wenn ihr mich weiter mit euren Leistungen enttäuscht.«

Als Harry das sagt, lacht er. Aber sein Blick ist so stechend, dass Lara sich nicht sicher ist, ob die Aussage als Scherz gemeint war. Paul und Nico ist ihr Lachen jedenfalls im Hals stecken geblieben.

* * *

Lara und Paul betreten seine Wohnung.

»Danke fürs Hochbegleiten«, sagt Paul.

Sie hilft ihm aus dem Pullover, sagt aber nichts.

»Heute hast du bestimmt super Material bekommen, für deinen Film«, sagt er, um eine Unterhaltung anzustoßen.

»Das kann ich alles nicht nehmen«, sagt Lara.

»Wieso denn?«

»Das glaubt mir doch kein Mensch. Die Leute wollen Emotionen sehen. Keine Rollstuhlfahrer, die sich wie kleine Jungs benehmen, wenn sie ein schnelles Auto sehen.«

Paul zuckt mit den Achseln. »Der Ausflug hat dir also nicht gefallen?«

Sie seufzt. Er fühlt sich, als hätte sie ihm gerade einen

Schlag ins Gesicht verpasst. Dabei wollte er ihr doch nur helfen. Ihr besonderes Material für ihren Film liefern. Damit sie glücklich ist.

Lara geht ins Badezimmer und richtet seine elektrische Zahnbürste. Er folgt ihr und sie reicht ihm die Bürste. Während er sich die Zähne putzt, dreht sie sich von ihm weg und fängt an seine unbenutzten Katheterbeutel zu sortieren, die an einem Haken an der Wand hängen. Warum macht sie das?

»Das ist nicht der Film, den ich machen wollte«, sagt sie schließlich.

Paul setzt die Zahnbürste ab.

»Wir können nächsten Sonntag was Besseres unternehmen«, sagt er mit dem Zahnpastaschaum im Mund.

»Nächste Woche habe ich schon was vor.«

Paul ist jetzt am Waschbecken und spuckt die Zahnpasta aus. Lara reicht ihm einen Wasserbecher, mit dem er seinen Mund ausspült.

»Wir können auch was zusammen machen. Nur wir beide, ohne Harry und die Jungs.« Paul hat jetzt all seinen Mut zusammengenommen.

»Ich habe keine Zeit.«

Sie packt die Griffe an seinem Rollstuhl und befördert ihn ins Wohnzimmer. Das hat sie noch nie getan, ihn einfach so weggeschoben. Sie weiß doch, dass er das auch alleine kann.

»Du kommst jetzt ohne mich klar?«, fragt sie.

»Ja«, sagt Paul. »Klaus kommt, sobald ich ihn anrufe.«

Er würde lieber etwas anderes antworten. Zum Beispiel: »Geh noch nicht. Ich brauche dich.« Aber das macht er nicht.

»Gut«, sagt Lara. »Dann sehen wir uns morgen.«

12.

Grüne Meerkatzen investieren viel Zeit in die Partnersuche. Das fängt schon bei der Körperpflege an. Besonders die Genitalien müssen stets auf Hochglanz poliert sein, wenn ein Affe eine gute Figur machen will und die Aufmerksamkeit auf sich lenken will. Doch Erfolg bei den Weibchen haben in der Gruppe nur die dominanten Männchen. Wer nicht bestimmt auftreten kann, der muss schon mal den übergeordneten Tieren das Fell pflegen. Auch im Tierreich ist es so: Nur wer Initiative ergreift, hat auch eine Chance, von der Angebeteten gehört zu werden.

Paul speichert die Datei. Er lehnt sich zurück und sieht sich die letzten Sätze, die er gerade auf seinen Laptop eingetippt hat, noch einmal durch. Unwillkürlich läuft es ihm kalt den Rücken hinunter. Er sieht sich die Kritzeleien auf seinem Notizblock an und überlegt. Dann schreibt er weiter und liest dabei laut mit.

»Und auch Affen müssen manchmal Geschenke machen, um Aufmerksamkeit zu erhalten.«

* * *

Der Aufzug hält im dritten Stock an und Paul steigt aus. Er sieht sich in dem langgezogenen Hausflur um. Als er sich orientiert hat und die Wohnung mit der Nummer 343 entdeckt, hält er auf die Wohnungstür zu und klingelt. Den Blumenstrauß auf seinem Schoß nimmt er in die Hand und hält ihn hinter den Rollstuhl, damit er nicht sofort zu sehen ist.

Einen ziemlich langen Moment passiert nichts und er befürchtet schon, dass Lara nicht zu Hause ist. Warum auch? Sie hat ja den Mittag über frei. Eine Frau wie sie hat vielleicht etwas Besseres zu tun, als zu Hause zu sitzen und auf Überraschungsbesuch zu warten.

Doch dann hört Paul Geräusche hinter der Tür. Er setzt ein Lächeln auf. Die Tür geht auf. Dahinter steht ein gut aussehender Kerl, muskulös und groß wie der Riese Rübezahl, in blauem Business-Hemd und Plüschpantoffeln.

»Ja?«

»Äh«, sagt Paul. Irritiert sieht er sich um. Die Wohnungsnummer stimmt. Er versucht, einen Blick an dem Kerl vorbei in die Wohnung zu werfen, kann aber nichts erkennen. Dann sieht er wieder zu dem Riesen. Vielleicht ist es nur Laras Mitbewohner.

»Ich, ich --- wollte eigentlich zu ---«

Paul kann nichts dagegen machen, er hat angefangen zu stottern.

»Du bist bestimmt Laras Rollstuhlfahrer.«

»Äh, ja. Ist sie da?«

»Lara ist im Medienforum und schneidet ihren Film.«

»Ach ja.«

»Ja. Kann ich ihr was ausrichten?«

»Also, nö. Mir war nur langweilig. Da dachte ich, ich guck mal, wo Lara so wohnt ---«

Der Typ nickt. Er setzt an, die Wohnungstür wieder zu schließen.

»Also dann.«

»Ja, dann ---« Paul reißt noch einmal all seinen Mut zusammen. »Und Sie sind?«

»Ihr Freund.«

»Ah. Klar ---«

»Ciao.«

Und die Tür geht zu.

Die Abenddämmerung setzt bereits ein, als Paul an der Stadtbücherei vorbei nach Hause fährt. Alleine. Die Blumen schenkt er einer obdachlosen Frau, die in der Fußgängerzone sitzt.

Als er zu Hause ankommt, widmet Paul sich seinen Affenbüchern, dem Einzigen, was ihn jetzt auf andere Gedanken bringen kann. Doch auch die Meerkatzen können ihn heute nicht begeistern. Paul bleibt an dem Bild eines Affenmännchens hängen, der seine blauen Hoden demonstrativ herausstreckt. Das ist die Abschreck-Pose.

* * *

Zwei Kerzen stehen auf dem Tisch. Sandras ebenmäßiges Gesicht wirkt im Schein der Lichtquelle wie gemalt. Das Restaurant hat sie ausgesucht. Aber das macht ihm nichts. Die Hauptsache ist, dass er es geschafft hat, sie solange zu bequatschen, bis er sie ausführen darf.

Sollte Paul später fragen, wird er sagen, dass es sowieso klar war, dass Sandra zusagen würde. Doch insgeheim weiß Nico, was für eine große Ehre ihm zuteil wurde.

Jetzt lachen die beiden viel und unterhalten sich angeregt. Jenny sitzt die meiste Zeit vor dem Lokal auf einer Bank und raucht. Zwischendurch kommt sie kurz ins Lokal und trinkt ein Bier an der Theke.

Nach dem Essen spazieren sie gemeinsam durch die Altstadt. Der Mond scheint, voll und rund, das Timing für einen romantischen Nachtspaziergang durch Heidelberg könnte nicht besser sein, denkt Nico.

Auch Jenny hält sich im Hintergrund, folgt den beiden mit gebührendem Abstand. Von der Heiliggeistkirche schlendern sie über den Marktplatz in eine der kleinen Gassen zum Neckar hinab und landen bei der *Alten Brücke*. Um diese Uhrzeit ist das historische Bauwerk nicht mehr von Touristenmassen bevölkert. Nur noch vereinzelt steht ein Pärchen herum und betrachtet sich händchenhaltend die Schönheit der mondklaren Nacht. Nico und Sandra kommen in der Mitte der Brücke zum Stehen und blicken auf das beleuchtete Schloss.

Einen Moment lang stehen sie einfach schweigend da.

»Das war ein schöner Abend«, sagt Nico nach ein oder zwei Minuten.

»Ja«, sagt Sandra.

»Und jetzt auch noch der Mond und so. Das ist voll schön ---«

Jenny steht auf der anderen Seite der Balustrade, einige Meter entfernt. Im dämmrigen Licht der wenigen Lampen kann Nico deutlich sehen, wie Jenny tief ausatmet, als er in seinen Süssholz-Raspel-Modus schaltet. Aber das ist ihm jetzt egal. Sandra lächelt ihn an.

»Wollen wir uns ein bisschen den Mond angucken und quatschen?«

»Nein«, sagt Sandra.

Nico lächelt, aber nur solange bis sein Hirn verarbeitet hat, was sie gerade gesagt hat.

»Wie jetzt?«

»Ich muss nach Hause. Morgen muss ich früh raus. Ich bin fürs Frühstücksbuffet eingeteilt.«

»Ach so. Ne, schon klar.«

»Aber es gibt noch etwas, das ich dich den ganzen Abend fragen wollte. Ich hoffe, ich trete dir damit nicht zu nahe.«

Ach was. Er macht eine wegwerfende Handbewegung.

»Du bist so locker in deiner Körperlichkeit«, sagt Sandra. »Das ist mir nicht aus dem Kopf gegangen, seit ich dich das erste Mal gesehen habe.«

»Äh. Klar.«

Nico hat das Gefühl, dass er rot wird im Gesicht. Aber sei's drum, bei den Lichtverhältnissen kann sie das sowieso nicht sehen. Und hey – sie steht auf seine Körperlichkeit. Wow! Was erzählt sie wohl als Nächstes. Dass sie gerne mal mit ihm in die Sauna gehen möchte?

»Mir ist deswegen diese verrückte Idee gekommen«, sagt Sandra. »Also, das ist jetzt vielleicht etwas zu spontan und zu persönlich ---«

»Ach was, nur raus damit.«

In Gedanken geht Nico schon die Stellungen des Kamasutras durch, die sich in einem Rollstuhl umsetzen lassen. Dass Sandra so von null auf hundert geht, hätte er nie gedacht. Dabei macht sie so einen unschuldigen Eindruck.

»Also, gut. Ich habe einen guten Freund. Vor einem Jahr hatte er einen Unfall. Bei der Arbeit. Seither ist er in der Reha.«

Nico sieht sie verdutzt an. Was hat das mit ihm zu tun? Und mit dem Rollstuhl-Kamasutra? Einen Unfall hatte er zuletzt, als er zwanzig war. Mit dem Thema ist er durch.

Doch Sandra scheint seinen irritierten Blick nicht wahrzunehmen. Sie hat sich jetzt auf die Brüstung gelehnt und sieht in die Ferne.

»Felix findet einfach nicht mehr ins Leben zurück. Er weigert sich, aus dem Reha-Zentrum entlassen zu werden. Als ich euch gesehen habe, Paul und dich, da hat mir das Mut gemacht. Ihr scheint so im Einklang mit euerm Körper zu sein.«

Langsam wird ihm klar, was Sandra unter dem Begriff *Körperlichkeit* versteht. Und es gefällt ihm nicht. Sein Blick geht in Jennys Richtung. Sie schüttelt den Kopf. Dann steckt sie sich die Stöpsel ihrer iPod-Kopfhörer in die Ohren.

»Ich dachte vielleicht könnt ihr Jungs mal mit Felix reden«, sagt Sandra. »So von Rollstuhlfahrer zu Rollstuhlfahrer. Und ihm Mut machen. Damit er sich wieder nach Hause traut.«

Sandra blickt jetzt zu ihm. Nico versucht zu lächeln.

»Äh, ja. Klar«, sagt er.

»Super! Danke.«

Sandra gibt Nico einen Kuss auf die Wange. Spätestens jetzt ist er rot wie eine Tomate, da ist er sich sicher.

»Du bist ein Schatz. Du weißt gar nicht, was mir das bedeutet.«

»Ist doch kein Problem.«

13.

Ein grauer Berg von einem Gebäude erhebt sich in den Hügeln des Odenwalds. Über seinen Dächern breitet sich ein Unwetter aus. Jenny, Nico und Paul stehen vor dem Reha-Zentrum und zögern, den Haupteingang zu betreten.

»Ich hatte eigentlich geplant, nicht mehr hier herzukommen«, sagt Paul.

»Andere Rollifahrer kommen jedes Jahr zu Kur«, sagt Nico und zuckt mit den Achseln.

»Ich kann mir andere Ziele für meinen Urlaub vorstellen.«

»Komm, Alter. Lass uns mal reingehen.«

Sie fahren in die riesige Eingangshalle, doch der Empfangstresen ist nicht besetzt. Also bleiben sie stehen und sehen sich um.

»Ich versteh nicht, wieso du versprochen hast, dass ich dich begleiten würde«, sagt Paul. »*Ohne* mich vorher zu fragen.«

»Ach, komm. Du weißt doch selbst, wie schwer die Zeit in der Erst-Reha ist. Das ist 'ne gute Tat, was wir hier machen.«

Nico geht los, verschwindet in einem der zahlreichen Flure, die von der Halle abgehen. Den Eindruck, dass er weiß, wo er hinfährt, hat Paul nicht. Paul wendet sich zu Jenny, die neben ihm stehen geblieben ist und gerade eine Blase mit ihrem Kaugummi macht.

»Meinst du, er hat wirklich eine Chance bei der Kellnerin?«, fragt Paul sie.

»Na, ja. Um sich auszuheulen, kommen die Mädchen gern zu Nico.«

Ohne ein weiteres Wort zu sagen, geht Jenny, die Hände in den Taschen, Nico hinterher.

»Na, dann«, murmelt Paul.

Außerhalb des Gebäudekomplexes fängt es an zu donnern und zu blitzen. Paul rollt durch einen engen und sterilen Gang, bis er an eine Kreuzung kommt. Gerade als er sich fragt, wohin seine beiden Begleiter verschwunden sind, hört er Nicos Stimme.

»Da bist du ja endlich. Komm schon, ich habe ihn gefunden.«

Felix hat ein Einzelzimmer, nicht sehr groß und wenig liebevoll ausgestattet. Er sitzt in seinem Elektro-Rollstuhl am Fenster und starrt nach draußen. Paul schätzt ihn auf Ende zwanzig.

»Na, Felix«, sagt Nico und nähert sich ihm langsam. Doch Felix reagiert nicht und dreht sich nicht einmal zu seinen Besuchern um.

»Ich bin Nico. Und das da, das sind Paul und Jenny.«

Als Felix noch immer keine Regung zeigt, bleibt Nico stehen. Er wirkt irritiert.

»Sandra hat dir doch gesagt, dass wir kommen?«

Wieder keine Reaktion. Nico sieht mit fragendem Blick zu Paul.

»Was weiß ich«, sagt Paul. »Vielleicht hat er bei dem Unfall auch was auf die Ohren bekommen?«

Nico überlegt einen Moment. Dann wendet er sich wieder zu Felix.

»KANNST – DU – MICH – HÖREN! ICH – BIN – NICO!«

»Ich bin doch nicht taub«, murmelt Felix.

Nico dreht sich zu Paul.

»Siehst du. Er ist nicht taub.«

Paul schüttelt den Kopf.

»Ich hab dir was mitgebracht, Alter«, sagt Nico.

Das ist das Zeichen für Jenny, die angetrottet kommt und aus dem Rucksack, der an Nicos Rollstuhl hängt, etwas hervorholt. Es ist die aktuelle Ausgabe des *Playboys*. Sie reicht Nico das Magazin, der es stolz emporhält.

»Bist ja kein Kind. Ein Teddybär als Geschenk wäre mir unpassend vorgekommen.«

Paul sieht zu Jenny und rollt mit den Augen. Jenny zuckt nur lethargisch mit den Achseln.

»Ich komme nicht mit«, sagt Felix.

»Bitte?«, fragt Nico.

Felix dreht sich jetzt mit seinem elektrischen Rollstuhl um. Felix bedient den Stuhl mit einem Hebel, es sieht aber nicht so aus, als hätte er viel Mobilität in seinem Arm und seiner Hand übrig.

Arme Sau, denkt Paul, ein Härtefall.

»Sagt Sandra, das ist alles nett gemeint. Aber ich bleib hier, bis sie mich ins Heim verlegen.«

»Warum willst du denn in ein Pflegeheim?«, fragt Nico. »Die Welt da draußen hält so viel Abenteuer bereit.«

Nico grinst und hält das Magazin wieder in die Höhe. »Wo das herkommt, da gibt es noch viel mehr.«

»Hier fehlt mir doch nichts«, sagt Felix. »Ich hab drei Krankenschwestern, die sich um mich kümmern.«

»Ach, komm. Draußen gibt es genug Mädels, die sich um dich kümmern können.«

»Heute muss doch niemand mehr ins Pflegeheim«, versucht Paul zu assistieren. »Selbstbestimmtes Leben ist unser Grundrecht. Von wegen UNO-Resolution und so. Und gerade in deinem Alter, was willst du da mit lauter alten Leuten rumhängen? Wir sind doch nicht mehr in den Siebzigern.«

Doch Felix wirkt nicht überzeugt.

»Was erwartet mich denn draußen? Die Leute, die ich von früher kenne, die wollen mich doch nicht als Krüppel sehen. Was meint ihr, was meine alten Fußballkumpels mit mir anfangen sollen, wenn ich so ankomme?«

»Na, achso!«, ruft Nico. »Verstehe. Deswegen haben wir doch den Behinderten-Sport. Los Jenny, die Broschüre. Paul und ich spielen Rollstuhl-Rugby, da wollten wir dich auch mal mitnehmen. Also zum Zusehen. Ich wusste ja nicht, dass du im E-Rolli ---«

»Und die Mädels?«, Felix fällt Nico ins Wort. »Die machen sicher Luftsprünge, wenn sie euch sehen.«

»Na ja. Also ---«

»Na, mal ehrlich, Jungs. Wie läuft es denn so bei euch beiden und den Mädels? Da draußen, in eurer Super-Welt.«

Nico sieht zu Paul, wie um zu fragen, was er jetzt sagen soll. Aber mit dem Thema Beziehungen können Nico und Felix ihm gerade gestohlen bleiben.

»Also. So schlimm ist es auch wieder nicht«, sagt Nico schließlich. »Wir sind echte Checker. Paul zum Beispiel. Du musst dir mal die Assistentin ansehen, die sich um ihn kümmert. Ein heißer Feger. Na gut, sie hat einen Freund, aber ---«

»Ist schon gut, Jungs. Ich bleibe hier.«

Wie um Felix' letzte Worte zu unterstreichen, blitzt und donnert es vor dem Fenster. Nico zuckt unwillkürlich zusammen.

Jenny und Nico setzen Paul bei ihm zu Hause ab und fahren dann weiter. Paul fährt mit dem Aufzug in den dritten Stock und betritt seine Wohnung. Er fühlt sich müde und geht erst mal in die Küche, um sich einen Kaffee zu kochen.

Vielleicht liegt seine Erschöpfung auch gar nicht an der Nummer mit Felix. Seit drei Tagen, seit er weiß, dass Lara einen Freund hat, fühlt er sich komplett antriebslos. Und was für ein Freund das ist.

Wäre Paul ein Held, dann würde er jetzt vielleicht irgendetwas unternehmen. Zum Beispiel Lara seine Gefühle offenbaren, sie auf Händen tragen und ihr unmissverständlich klar machen, dass nur er sie glücklich machen kann. Oder er könnte ihren Freund wenigstens zum Duell herausfordern. Aber natürlich ist er kein Held.

Es ist sowieso Blödsinn, er kann nicht einfach eine glückliche Beziehung zerstören. Aber ist Lara wirklich glücklich mit dem Kerl? Warum hat sie ihren Freund nie erwähnt? Hat sie etwa Zeit mit ihm verbracht, als der Kerl seinen freien Tag hatte? Nein. Lara saß stattdessen allein im Medienforum und hat ihren Film geschnitten. Mag sein, dass der Film ihr wichtiger ist als ihr Freund. Das wäre ein Ansatzpunkt, um einen Plan zu entwickeln, ihr Herz zu gewinnen. Aber wie genau kann er das anstellen?

* * *

Lara führt Herrn Richter durch das Treppenhaus, um in den dritten Stock zu gelangen. Auf den Aufzug zu warten, dafür ist sie zu ungeduldig. Außerdem will sie sich fit halten. Lara hat ihre Kamera in der linken Hand und Pauls Wohnungsschlüssel in der rechten.

»Ich bin schon sehr gespannt zu sehen, wie Sie bei Ihren Dreharbeiten vorgehen«, sagt Herr Richter. Er lächelt sie an.

Hoffentlich macht er sich keine allzu großen Hoffnungen, etwas Besonderes geboten zu bekommen. Die meisten Menschen stellen sich Filmaufnahmen als etwas Glamouröses vor. Liegt wahrscheinlich daran, dass die meisten Menschen nie an einem Filmset dabei waren. Vor allem nicht beim Dreh eines Dokumentarfilms, das ist wirklich nichts Außergewöhnliches. Sie stellt einfach ihre Kamera auf, und filmt das ab, was sowieso passiert.

»Na ja, so aufregend ist das auch nicht. Außerdem habe ich noch nebenher meine normalen Assistenzaufgaben zu erledigen.«

»Och, seien Sie nicht bescheiden. Film, das ist doch Kunst. Also sind Sie eine Künstlerin. Wissen Sie, dass ich sofort davon überzeugt war, dass Sie mit Ihrem Film Erfolg haben werden? Schon als ich Sie das erste Mal in meinem Büro gesehen habe. Meine Frau hat immer gesagt – also meine Ex-Frau meine ich – sie sagte immer, wenn man sich etwas ganz fest vornimmt, dann schafft man das auch.«

»Wir sind da«, sagt Lara und steckt den Schlüssel in die Wohnungstür, froh den Redeschwall von Herrn Richter ausbremsen zu können. Lara will die Tür aufschieben, doch der MDK-Mitarbeiter drängt sie zur Seite. Wie es aussieht, will er ihr unbedingt die Tür aufhalten. Das wäre ja ganz nett, wenn er ihr dabei nicht seinen Ellenbogen in ihre Rippen gehauen hätte.

»Oh, Entschuldigung.«

»Nichts passiert.«

Er strahlt über beide Ohren. »Nach Ihnen.«

Lara hält sich den Bauch und lächelt tapfer.

Paul hat das Wasser im Kaffeeautomaten nachgefüllt. Die Küchenarbeit lenkt ihn ab, er fühlt sich jetzt besser, als bei seiner Ankunft. Er pfeift sogar.

Paul geht zum Küchenregal, in dem die Tassen stehen. Er hebt seinen Körper etwas an, indem er sich mit dem linken Arm auf der Seitenwand seines Rollstuhls aufstützt und hochdrückt. Den rechten Arm streckt er aus. Nur noch ein paar Millimeter, dann berührt er die Keramik der Tasse. Vorsichtig umschließt er den Griff mit seinen Fingern.

»Paul!«

Es ist Laras Stimme!

Paul dreht sich erschrocken zu ihr. Neben ihr im Türrahmen steht Herr Richter. Beide sehen ihn mit aufgerissenen Augen an.

»Du bist geheilt!«

Paul lässt die Tasse fallen.

14.

Sie haben sich an den Küchentisch gesetzt. Paul auf der einen Seite, Herr Richter ihm gegenüber. Lara reicht jedem der beiden eine Tasse Kaffee und setzt sich dann dazu.

Herr Richter bedankt sich, nimmt das Getränk in beide Hände und beobachtet Paul über den Tassenrand, während er wartet, dass der Kaffee abkühlt. Paul versucht, seinem Blick auszuweichen. Doch wohin soll er schauen? Und was geht dem MDK-Mann eigentlich gerade durch den Kopf? Hat er ihn durchschaut, sein Versteckspiel aufgedeckt? Aber warum sagt er dann nichts? Oder kommt Paul noch mal mit dem Schrecken davon?

»Ja, äh«, stammelt Paul. Jetzt am besten irgendwie das unangenehme Schweigen durchbrechen. »Da haben Sie es mal gesehen. Nicht mal eine Kaffeetasse kann ich mir selber holen, so sehr ich es auch versuche.«

»Am Ende brauchen Sie bald noch mehr Assistenz? Da reichen die sechs Stunden am Tag nicht mehr.«

Paul kann Herr Richters Tonfall nicht deuten. Macht er sich lustig über ihn? Oder versucht er gar lustig *zu sein*?

»Wer weiß«, sagt Paul. »Oder ich trinke in Zukunft weniger Kaffee.«

Sie ergehen sich einige Minuten in Small-Talk, Herr Richter greift den Vorfall mit der Tasse nicht mehr auf. Als er seinen Kaffee getrunken hat, sieht er auf die Uhr.

»Ich darf mich verabschieden. Ich muss zum nächsten Termin.«

»Wollten Sie nicht noch zusehen, was wir filmen?«

»Doch schon«, sagt Herr Richter und erhebt sich. »Aber die Arbeit ruft.«

Als er schon im Gehen ist, dreht er sich noch einmal zu Paul.

»Ich bin aber schon sehr gespannt, mir das komplette Rohmaterial in voller Länge anzusehen.«

Als Herr Richter die Wohnung verlassen hat, atmet Paul laut hörbar auf. Lara, die den MDK-Mann noch zur Tür begleitet hat, kommt zurück in die Küche.

»Irgendwie war er komisch drauf heute«, sagt sie. »Hattest du auch den Eindruck, dass er was von mir will?«

»Tja.«

Wenn's nur das wäre, was ihn beunruhigt.

»Wie kommt so ein Typ überhaupt auf die Idee, dass ich mich für ihn interessieren könnte?«

Lara setzt sich neben Paul.

»Machen wir mit deinem Interview weiter?«

»Ich glaub, ich hab heute keine Kraft mehr. Zu erschöpft.«

»Ach, komm. Jetzt fang nicht du auch noch an. Der Film muss fertig werden. Im Frühjahr ist die Einreichfrist der Filmhochschule. Und bis dahin muss ich auch noch alles geschnitten haben. Das ist so viel Arbeit, hätte ich vorher selber nicht geglaubt.«

»Lass mich doch mal dich interviewen.«

»Du mich?«

»Na ja. Du verfolgst mich die ganze Zeit mit der Kamera und dringst in meine Privatsphäre ein. Jetzt möchte ich auch etwas mehr über dich wissen.«

Es war ein spontaner Einfall. Ganz klar ist ihm auch nicht, was er damit bezweckt. Sie näher kennenlernen. Natürlich. Vielleicht ist das der letzte Strohhalm, der ihm jetzt noch bleibt, damit er einen Plan entwickeln kann, wie er Laras Herz gewinnen kann.

»Na gut«, sagt Lara, nachdem sie einen Moment überlegt hat. »Wenn es hilft, das Vertrauensverhältnis zwischen Dokumentarfilmer und Dokumentiertem zu verbessern.«

* * *

Sie erscheint im Kamerasucher.

Paul drückt auf den Record-Knopf, so wie er es schon so viele Male bei Lara beobachtet hat, wenn sie ihn filmt. Ein rotes Licht leuchtet im Sucher auf und die Aufnahme startet.

»Was machst du so privat?«

Erst mal mit ein paar unverfänglichen Fragen starten, denkt sich Paul. Wobei – ihm fällt auf, dass er wirklich nicht die geringste Ahnung hat, was Lara in ihrer Freizeit macht. Außer ihrem Filmprojekt.

»Nicht viel«, antwortet sie. »Lesen und ein bisschen Sport. Aber vor lauter Filmschnitt habe ich gerade nicht viel Freizeit.«

»Und sonst so?«

Lara zuckt mit den Schultern.

»Du hast doch einen Freund?«

Es ist unglaublich, wie einfach Paul die Frage von den Lippen geht. Klar, mit Lara kann er sich so unverkrampft unterhalten wie mit keiner anderen Frau. Aber so simpel, ihr unangenehme Frage zu stellen, wie durch den Kamerasucher, war es noch nie.

»Ich habe gehört, dass ihr euch kennengelernt habt«, sagt Lara.

»Stimmt«, sagt Paul.

Aber jetzt nicht von Gegenfragen aus der Ruhe bringen lassen. Er muss hier die Fragen stellen.

»Und wie ist er so?«

Lara muss einen Moment überlegen. Einen ziemlich langen Moment, wie Paul findet. Ist das schon ein wunder Punkt, den er aufgedeckt hat? Dass Lara nicht weiß, was sie an ihrem Freund eigentlich gut findet. Ist es am Ende doch nur eine Zweckbeziehung aus Mangel an Alternativen? Oder interpretiert Paul gerade viel zu viel in diese Denkpause? Wenn er sich nur in menschlicher Psychologie genauso gut auskennen würde, wie mit dem Beziehungsgeflecht der Affenwelt!

»Hilfsbereit, nett, ziemlich clever«, sagt Lara schließlich. »Er ist sportlich, sieht gut aus ---«

»Was ist dein Ziel im Leben?«

Paul fällt ihr ins Wort und erhöht das Tempo der Befragung.

Doch Lara lässt sich noch nicht aus der Ruhe bringen. Sie lacht.

»Wart mal. Die Frage hast du doch von mir geklaut. Was denkst du?«

»Was *dein* Ziel im Leben ist?«

»Ja.«

Paul braucht nicht lange zu überlegen. Es bricht einfach so aus ihm heraus.

»Du bist sehr ehrgeizig. Wie du das alles mit deinem Film angehst, so entschlossen – Hut ab. Aber du wirkst manchmal auch ein bisschen unsicher.«

»Ach ja?«

Paul will sie jetzt aus der Reserve locken. Will endlich und ein für alle Mal, die Fronten zwischen ihnen klären.

»Steht dein Freund eigentlich hinter deinem Filmprojekt?«

Lara zuckt zusammen. Nur kurz, dann fängt sie sich wieder. Aber Paul ist es nicht entgangen.

»Warum interessiert dich das denn?«

»Du hast einen Lebensentwurf«, sagt Paul. »Aber kann es sein, dass dein Freund einen anderen hat – und du nicht weißt, wie du darauf eine Zukunft aufbauen kannst?«

»So, so, Paul. Hältst du dich jetzt neuerdings für einen Psychologen?«

Sie lächelt schief.

Paul kommt gerade erst richtig in Fahrt. Er spürt ein Gefühl von Stärke in sich aufsteigen. Die Worte purzeln geradezu aus seinem Mund. So muss sich ein Alpha-Männchen beim Verteidigen seines Reviers fühlen.

»Dein Freund gibt dir vielleicht finanzielle Sicherheit, aber du weißt gar nicht, ob dir das reicht, Sicherheit. Du willst Kunst machen. Also musst du auch ins kalte Wasser springen.«

»So, so. Jetzt stellt er auch noch Theorien auf, der Psychologe.«

Sie steht auf.

»Ich glaub, das reicht für heute.«

Sie geht zur Kamera und schaltet sie ab.

Paul kann sich des mulmigen Gefühls nicht erwehren, dass er bei seiner Revierverteidigung auf die Schnauze gefallen ist. Vielleicht ist er zu weit gegangen. Wenn er nur besser darin wäre, Laras regungslosen Gesichtsausdruck zu deuten.

15.

Geschäftiges Treiben im Vorraum der Sporthalle. Überall stapeln sich die Rollstühle und Sportstühle. Einzelteile liegen herum. Räder werden aufgepumpt. Bandagen werden angelegt. Ohrringe mit Klebeband gesichert.

Lara und Jenny heben zuerst gemeinsam Nico von seinem Rollstuhl in seinen Rugbystuhl, dann wiederholen sie dieselbe Prozedur mit Paul. Schließlich fahren Paul und Nico zum Training in die Halle. Jenny folgt ihnen. Lara nicht.

»Ich bin dann um acht wieder da, um dich abzuholen«, sagt sie.

»Hm. Ja«, sagt Paul.

Harry kommt angefahren und bleibt neben Paul und Nico stehen.

»Na. Was ist denn mit der los? Heute keine Kamera dabei? Die konnte es doch sonst nicht abwarten, unseren großen Stürmer-Star auf dem Feld in Szene zu setzen.«

Paul antwortet nichts. Er greift stattdessen zu der Tape-Rolle auf seinem Schoss und wickelt Klebestreifen um seine Handschuhe, um sie festzuzurren.

Nico kommt zu Harry und beugt sich zu ihm rüber.

»Dicke Luft«, flüstert er.

»Oh! Na, vielleicht kann unser Filmstar sich dann heute endlich wieder aufs Training konzentrieren.«

Seit er Lara gestern auf ihren Freund angesprochen hat, verhält sie sich ihm gegenüber seltsam, denkt Paul, als sie sich mit ein paar Runden um das Spielfeld aufwärmen. Sie ist viel distanzierter als sonst. Das kann nur eins bedeuten – er lag mit seiner Einschätzung ihrer Lebensumstände, richtig. Oder etwa nicht?

Das fragt sich Paul, als sie Fang- und Wurfübungen machen. Beim Trainieren des Ballaufhebens vom Hallenboden in voller Fahrt, denkt Paul über Laras Gesichtsausdruck nach, als sie heute Morgen zu ihm kam. Die Erinnerung daran ist wenig erbaulich. Weder heute Morgen noch heute Nachmittag hat sie mehr als das Nötigste mit ihm geredet. Eigentlich hat sie, als sie ihn morgens im Bett liegen gesehen hat, nur gesagt: »Ich weiß gar nicht, was ich hier mache. Du kommst doch auch ohne mich klar.« Danach hat sie ihre Aufgaben mit stoischer Ruhe erledigt. Auch Paul hat nicht viel gesagt, um sie nicht noch mehr zu reizen.

Irgendwann teilt Harry die Mannschaft in zwei Teams für ein kleines Testspiel ein. Paul ist zuerst irritiert, da es ihm so vorkommt, als hätten sie eben erst mit dem Training begonnen. Aber er ist wohl mehr in Gedanken versunken, als ihm lieb ist.

Beim Spiel versucht Paul angestrengt, den ein oder anderen Ball zu fangen. Er will nicht auch noch Harry weiter gegen sich aufbringen. Doch so sehr er es versucht – es gelingt ihm nur selten. Ständig wird er angerempelt, muss den anderen Spielern hinterhersehen, wenn sie an ihm vorbeifahren. Drei mal wird er mitsamt seinem Stuhl umgehauen – neuer Testspiel-Rekord! Harry schreit ihn die ganze Zeit an, aber davon wird es natürlich nicht besser.

Nach dem Training passt Harry Paul und Nico ab.

»Mensch, Paul. Hast du eigentlich den Arsch offen! In der zweiten Liga warst du einer der besten Stürmer! Jetzt kommst du zu uns in die Regionalliga und bringst gar nichts mehr auf die Reihe.«

Was soll er darauf nur antworten? Mag stimmen, was Harry sagt. Aber eigentlich ist ihm das alles gerade egal.

»Lara hat einen Freund«, schaltet Nico sich ein.

»Die Assistentin? Ach komm, und deswegen stellt er sich so an? Was bist du, Paul? Mann oder Maus.«

»Maus«, sagt Nico, bevor Paul irgendetwas entgegnen kann.

»Jetzt fall du mir nicht auch noch in den Rücken.«

»Ist er groß?«, fragt Nico. »Vielleicht kannst du dem Typ einfach ein paar auf's Maul geben und gut ist.«

Paul sieht Nico ungläubig an.

»Wie sieht er denn aus? Vielleicht kannst du mit deinen Muckis punkten?«

»Durchtrainiert ist er selber«, sagt Paul. »Und er sieht auch sonst aus wie ein Alpha-Männchen.«

»Beruf?«, fragt Harry.

»Ich glaube, er macht irgendwas mit Finanzen.«

»Aha!«

»Was?«, fragt Nico.

»Na, diese Lara, die macht doch auf Filmemacherin. Künstlerin und so.«

»Ja, und.«

»Ihr Freund kommt aus der Businesswelt. Das kann nicht ewig gutgehen. Er sieht vielleicht gut aus und kann sie gut versorgen, aber irgendwann wird ihr das trotzdem langweilig.«

Interessant, denkt Paul. Harry denkt ganz ähnlich, wie er.

»Und ihm geht es genauso. Irgendwann hat er ihr Gelaber von Kunstausstellungen und Opernbesuchen satt. Außerdem regt es ihn auf, dass sie überhaupt nicht ernst nimmt, was er im Job erreicht hat. Da kapiert er, dass sie sich eigentlich nichts zu sagen haben. Und dann ist da auf einmal so eine junge, hübsche Praktikantin in seiner Firma, die zu ihm aufschaut. Und in deren Armen er sich endlich mal wieder richtig wichtig fühlt. Und, bumm.«

»Was *bumm*?«, fragt Nico.

»Solche Fälle kenn ich aus meiner Zeit als Privatdetektiv. Würde mich nicht wundern, wenn dieser Typ schon längst was nebenbei am Laufen hätte.«

»Langsam. So schmierig wirkte dieser Martin auch wieder nicht«, sagt Paul.

»Martin, so, so. Das hat nichts damit zu tun, ob er nett ist«, sagt Harry. »Aber als Kerl braucht er Anerkennung. Ist ein schleichender Prozess. Ich hab das wirklich oft genug gesehen bei meinen Ermittlungen.«

»Wartet mal«, sagt Nico. »Das ist es doch!«

Harry und Paul sehen ihn verwirrt an.

»Warum beschattest du den Typ nicht einfach?«

Die Frage war an Harry gerichtet. Seine Mundwinkel hellen sich auch sofort auf.

»Meinst du? Auf meine alten Tage? Na ja. Eingerostet bin ich noch nicht.«

»Seid ihr jetzt alle verrückt geworden!«, sagt Paul.

»Also ich find die Idee gut«, sagt Harry.

»Ich nicht!«

»Keine Angst. Ich stell dir das auch nicht in Rechnung. Auf meine alten Tage – wenn ihr mich nett bittet – dann könnte ich noch mal eine kleine Observation starten.«

»Ja!«, sagt Nico.

»Nein!«, sagt Paul.

Doch Harry lächelt nur und geht in Richtung Ausgang.

Als Paul nach Hause kommt, klingelt gerade das Telefon. Es ist seine Mutter.

»Gute Nachrichten, Junge«, begrüßt sie ihn.

»So?«

»Dein Vater hat am Freitag einen Termin in der Hautklinik, wegen seines Ausschlags.«

Ist das wirklich das, was seine Mutter unter einer guten Nachricht versteht?

»Aha.«

»Ja, in Heidelberg. Das heißt, ich kann am Morgen bei dir vorbeikommen. Das dauert bestimmt ein, zwei Stunden, bis er dran kommt.«

»Aha«, sagt Paul. »Und wann ist der Termin?«

»Acht Uhr. Da bist du doch nicht an der Uni, oder? Nicht wenn deine Mutter kommt.«

»Äh, nein. Bin ich nicht«, sagt Paul.

Allerdings ist Lara um diese Uhrzeit noch bei ihm. Wie soll er nur ihre Anwesenheit erklären? Seine Mutter darf auf keinen Fall erfahren, dass er Assistenz hat, sonst sieht sie sich in ihren schlimmsten Befürchtungen bestätigt und zieht ihn wahrscheinlich an den Ohren zurück nach Hause. Ins traute Heim, wo sich niemand so gut um ihn kümmern kann wie sie.

Und schon wieder eine Baustelle, für die er sich einen Schlachtplan ausdenken muss.

16.

Als Lara am nächsten Morgen um sieben Uhr die Wohnung betritt, sitzt Paul an seinem Schreibtisch und sortiert Fotos.

Die Doktorarbeit scheint ihm wirklich wichtig zu sein. Wahrscheinlich noch wichtiger, als die Menschen um ihn herum.

»Morgen«, sagt Lara.

»Morgen«, erwidert Paul, ohne von seiner Arbeit aufzusehen.

»Du bist schon wach?«

»Konnte nicht schlafen.«

Lara geht in die Küche. Paul scheint bereits gefrühstückt zu haben. Jedenfalls sind das ganz eindeutig Nutella-Flecken auf dem Besteck und dem Teller, die achtlos in die Spüle gelegt wurden. Daneben steht eine benutzte Kaffeetasse. Essen machen fällt damit erst mal aus. Um das Chaos in der Küche kümmert Lara sich, wenn sie etwas wacher ist.

Jetzt geht sie erst mal zum Abstellschrank und holt den Staubsauger hervor. Saugen und danach den Boden schrubben sind genau die richtigen Arbeiten, um in Fahrt zu kommen und sich abzureagieren.

In den letzten Tagen hat sie sich mehrmals gefragt, warum Pauls Fragen bei dem Interview ihr so nahe gegangen sind. Warum hat sie das nur so auf die Palme gebracht?

Klar hat sie sich ihr Leben anders vorgestellt. Möglicherweise hätte sie sich auch gleich nach der Schule für ein paar Praktika in der Filmbranche bewerben können, anstatt den Weg übers Soziologie-Studium zu gehen, das ihr jetzt doch nichts bringt. Fünf Jahre brotlose Kunst und ein gewaltiger Umweg mehr in ihrer Vita. Doch mit zwanzig hat sie sich das noch nicht getraut. Paul hat ihr gesagt, sie sei zielstrebig. Na, wenn der wüsste!

Und dass sie mit Martin nur zusammen ist, weil sie ihn als Versorger braucht, das kann auch nicht stimmen. Was weiß er schon von ihrem Liebesleben?

Ihr solche Aussagen an den Kopf zu werfen, das ging wirklich zu weit. Deshalb hat sie ihn eine Weile angeschmollt. Und was macht er? Er versucht gar nicht sich zu entschuldigen, sondern spielt seinerseits die beleidigte Leberwurst und schweigt sie an.

Lara beginnt im Flur mit dem Staubsaugen, macht im Schlafzimmerbereich weiter und geht zur Wohnzimmerseite über, wo Paul immer noch an seinem Schreibtisch sitzt und in seine Arbeit vertieft ist. Und das um kurz vor acht am Morgen!

Auch als sie mit dem Saugrohr um ihn herumgeht, sieht Paul nicht zu ihr auf. Lara schaltet den Staubsauger aus und geht in die Hocke, um den Bürsten-Aufsatz vom Saugrohr abzunehmen.

»Reden wir eigentlich wieder miteinander? Oder immer noch nur *hallo* und *tschüss*?«, fragt sie, ganz beiläufig, während sie den Aufsatz zur Seite legt.

»Ich weiß nicht«, sagt Paul.

»Vielleicht habe ich ja etwas überreagiert. Wegen des Interviews.«

»Vielleicht.«

Du meine Güte. Da kommt sie ihm schon ein Stück entgegen auf dem Weg zur Versöhnung und er schafft es weiterhin, ihr die kalte Schulter zu zeigen. Als ob er hier derjenige wäre, dessen Lebenskonzept in Frage gestellt wurde.

Sie erhebt sich. Lara steht jetzt hinter Paul. Sie will den Staubsauger wieder starten, als ihr Blick über seine Schulter fällt. Vor ihr breitet sich seine Arbeit aus. Unwillkürlich muss sie lachen.

Was ist das?

Da liegt ein Bild von einem Affen auf dem Schreibtisch. Aber kein normaler Affe, jedenfalls nicht so, wie Affen ihrer Meinung nach aussehen sollten.

Dieses, ganz offensichtlich männliche, Exemplar hat einen knallblauen Hodensack und ein neonrotes Glied. Beides streckt er mit einem gewissen Stolz in die Kamera.

»Was ist das denn!«

»*Das* ist eine Grüne Meerkatze. Mein Forschungsprojekt. Das Einzige, womit ich mich tagein und -aus beschäftige, während ich an meiner Doktorarbeit sitze. Und fällt dir was auf: Wochenlang filmst du mich, wie ich meine Arbeit mache – und heute ist das erste Mal, dass du mich darauf ansprichst.«

Jetzt ist sie sprachlos. Stimmt das, was er sagt? Weiß sie wirklich nicht, wovon seine Doktorarbeit handelt? Schlimmer noch: Was genau studiert Paul eigentlich? Biologie, Zoologie? Irgendwie so etwas muss es sein. Aber nicht einmal diese Frage könnte sie beantworten.

»Weißt du, Lara, wenn du einen Film über Rollstuhlfahrer drehen willst, dann solltest du vielleicht erst mal einen Rollstuhlfahrer kennenlernen, bevor du ein Konzept erarbeitest. Auch Rollstuhlfahrer erleben Dinge. Und weißt du was? Wir haben auch Gefühle.«

Lara zieht sich einen Stuhl heran und setzt sich neben ihn.

»Bist du sauer auf mich?«

Paul antwortet nichts. Das macht es für sie auch nicht leichter. Hat er vielleicht sogar ein Recht, auf sie wütend zu sein?

»Es tut mir leid«, sagt sie.

»Schon okay.«

Ist das ein typisches Männer-*»schon okay«*, das eigentlich bedeuten soll, dass gar nichts okay ist?

»Lass uns mal gemeinsam etwas unternehmen, was dir gefällt. Ich will sehen, wie dein Leben aussieht. Ich werde auch keine Regieanweisungen geben. Versprochen.«

Paul sieht sie an. Seine ernste Miene wandelt sich zu einem zaghaften Lächeln.

* * *

Detektivarbeit ist eigentlich nicht schwer.

Die Unverschämten und die Unerschrockenen kommen mit allem durch. Ruft man beispielsweise im Büro der Bundeskanzlerin an und behauptet mit genug Überzeugungskraft, man sei der Sekretär des britischen Premierministers, dann wird man ohne Nachfragen weiterverbunden. Nicht, dass Harry das schon mal ausprobiert hätte. Aber bei der Observation von Laras Freund war es nicht viel anders. Am Anfang hatte er nichts. Keine Informationen. Lediglich die Vornamen von Lara und ihrem Freund.

Also hat Harry beim ambulanten Dienst *Hilfe zum Leben* angerufen. Er hat sich als Kumpel von Paul ausgegeben – was ja nicht komplett gelogen ist – und sich nach dessen neuer Assistentin erkundigt. »Sie hat ihren iPod bei mir liegen lassen, als Paul mich neulich besucht hat. Wie hieß sie doch gleich?«

»Das Fräulein Berthold meinen Sie?«

»Berthold, genau. Und können Sie mir die Adresse geben?«

Das konnte die Dame am Telefon natürlich nicht. Überhaupt fing sie sich langsam an zu wundern, warum Harry denn nicht einfach bei Paul anrief, wenn dessen Assistentin etwas bei ihm vergessen hatte. Doch die erhaltene Info genügte Harry.

Im Telefonbuch fand er tatsächlich eine Lara Berthold. Er hätte natürlich auch andere Möglichkeiten gehabt, an ihre Adresse zu gelangen. Allerdings wäre er dann wieder jemand einen Gefallen schuldig gewesen, deshalb ist es schon okay, so wie es gelaufen ist.

Harry hat extra seinen alten Kombi aus der Garage geholt, den er nicht mehr benutzt hat, seit er den neuen Van und den Sportwagen hat. Mit einer Schiebermütze auf dem Kopf postierte er sich auf dem Parkstreifen in der Mitte der Straße gegenüber der Adresse in der Bahnhofsstraße. Lara arbeitet immer vormittags und abends bei Paul, das weiß er. Also ist er um neun Uhr morgens aufgebrochen. Um ziemlich genau acht Minuten nach zehn kam Lara die Straße entlang gelaufen und ging ins Haus.

Maria hat ihm ein paar Butterbrote geschmiert, also lässt Harry es sich gut gehen, hört Hardrock-Kassetten aus seiner wilden Phase im Autoradio und erinnert sich an alte Zeiten.

Detektivarbeit ist langweilig. Nicht so, wie sie im Fernsehen immer gezeigt wird. Meist sitzt man stundenlang nur herum. Das ist eine Sache, die Harry nun nicht so viel ausmacht, wie manch anderem. Und gegen die Langeweile hat er sich auf seinen iPod ein paar Hörbücher geladen – wenn er nachher irgendwann genug von *Judas Priest* und *Led Zeppelin* hat.

Im Laufe des Tages gehen einige Menschen in dem Haus ein und aus. Aber niemand, der zu Lara passen könnte. Bis um halb sechs ein junger Kerl das Haus betritt. Könnte in etwa Laras Alter haben. Und er trägt einen Business-Anzug. Er passt so überhaupt nicht zu der schrillen Lara. Also könnte er es wirklich sein.

Kurz nach sechs kommt Lara mit dem Kerl vor die Tür. Er nimmt ihre Hand. Volltreffer.

In den nächsten Tagen kommt Harry morgens und abends an der Wohnung vorbei und beobachtet das alltägliche Verhalten von Laras Freund. Morgens geht er in einem modernen Bürogebäude an der Kurfürsten-Anlage arbeiten. Jeden zweiten Abend steigt Martin in einen 3er-Golf und fährt nach Kirchheim ins Fitnessstudio. Am vierten Abend fährt er nach dem Training nicht direkt nach Hause. Anstatt in Richtung Altstadt abzubiegen, fährt er weiter geradeaus. Aber wohin? Harry folgt ihm.

Die Fahrt geht am Bahnhof vorbei. Bis nach Neuenheim. Dann auf Höhe des Neuenheimer Felds biegt der Wagen ab. Der Freund steuert mitten in die graue 80er-Jahre-Bauten-Wüste der Uni Heidelberg und hält auf einem der Parkplätze an, direkt neben ein paar Studentenwohnheimen. Harry parkt ein paar Autos weiter.

Während der Freund aussteigt und zur Eingangstür des erstbesten Wohnheims geht, klingelt und wartet, steigt auch Harry mit gekonnten Griffen aus seinem Wagen in den Rollstuhl, den er zusammengefaltet hinter dem Fahrersitz deponiert hat.

Der Freund muss lange vor der Tür warten – Harrys Glück! – doch dann ertönt das Summen des elektrischen Türöffners und der junge Mann schiebt die Tür auf. Harry schafft es gerade noch, die Tür mit dem ausgestreckten Arm zu erwischen, bevor sie ins Schloss fällt.

Drei Sekunden später findet Harry sich in einem großen Flur wieder. Er sieht sich um. Am Ende des Flurs im Erdgeschoss sieht er Martin, der gerade die ersten Stufen einer breiten und steilen Treppe betritt. Harry spurtet ihm hinterher. Soll er den Aufzug nehmen? Aber in welches Stockwerk will der Kerl? Hier gibt es doch mindestens sechs Etagen! Das macht eine Wahrscheinlichkeit von gerade einmal 16,7 Prozent, dass Harry genau dort aus dem Lift steigt, wo sich Laras Freund gerade befindet.

»Scheiße«, murmelt er und beschleunigt.

Martin ist beinahe am oberen Ende der Treppe angekommen, außerhalb seines Sichtfelds, als Harry eine Idee hat.

»Hallo«, ruft er.

Der Freund bleibt stehen und dreht sich um.

»Ja, Sie! Können Sie mir die Treppe hochhelfen?«

Der junge Mann sieht einen Moment irritiert auf ihn herab. Doch dann sagt er: »Aber klar doch.«

Martin kommt die Treppenstufen herunter und, ohne lange zu überlegen, packt er die Griffe an Harrys Rollstuhl. Er dreht ihn mit dem Rücken zur Treppe, kippt ihn und zieht ihn dann Stufe um Stufe empor.

»Man hilft, wo man kann.«

Im ersten Stock angekommen, atmet er tief durch und

setzt den Rollstuhl ab.

»Sind Sie hier richtig. Oder müssen Sie noch weiter rauf?«

»Ich glaub, hier war's.«

»Alles klar.«

Der Freund dreht sich um und setzt an, auf der Treppe weiter zum nächsten Stockwerk zu gehen.

»Ach ne, doch nicht«, sagt Harry. »Sorry. Ist noch höher. Sieht ja überall gleich aus.«

Der Junge zuckt mit den Achseln. »Na gut.«

Als die beiden in der zweiten Etage ankommen, erklärt der Freund, dass er jetzt an seinem Ziel angekommen sei.

»Super«, sagt Harry. »Ich auch.«

»Sicher?«

»Ja, doch. Hier war's.«

Harry bewegt sich den Flur entlang, allerdings sehr langsam, um zu sehen, was der andere als Nächstes macht. Hinter einem Vorsprung, an dem ein Schwarzes Brett angebracht ist, bleibt Harry stehen. Vorsichtig beugt er sich vor.

Martin steht vor einer Wohnungstür, die sich langsam öffnet. Eine junge Frau mit dunklem Teint und langen schwarzen Haaren erscheint im Türrahmen. Ausländische Studentin, vermutet Harry. Eventuell auch: Ausländische Praktikantin. Oder beides.

Sie gibt Laras Freund einen Kuss auf die Wange. Dann verschwinden beide in der Wohnung.

»Bingo.«

17.

Paul gibt Lara klare Instruktionen.

Sie ist eine Freundin, mehr nicht. Lara ist nicht hier, um ihm bei was auch immer zu assistieren. Seine Mutter hat keinen Grund, sich Sorgen zu machen.

»Wie machen wir deiner Mutter klar, warum ich dich schon so früh am Morgen besuche?«, fragt Lara.

»Ja, dann sagen wir einfach, du bist eine Studienfreundin. Du bist vorbeigekommen, um über Studiensachen zu reden.«

»Nicht, dass ich eine Ahnung hätte, was genau du eigentlich studierst.«

»Macht nichts. Meine Mutter auch nicht.«

»Na, gut«, sagt Lara und lacht. »Mütter verarschen. Das sind dann wohl die besonderen Herausforderungen als Assistentin eines Rollstuhlfahrers, von denen der ambulante Dienst sprach. Wird bestimmt lustig.«

In diesem Moment klingelt es.

Paul setzt sich in Bewegung in Richtung Flur. Doch im Türrahmen bleibt er noch einmal stehen und wendet seinen Kopf in Laras Richtung.

»Nur für's Protokoll. Ich studiere Biologie auf Gymnasiallehramt.«

Lara lächelt ihn an.

Paul öffnet die Wohnungstür.

»Junge«, ruft seine Mutter, als sie aus dem Aufzug kommt und auf ihn zugeht. »Papa ist gleich weitergefahren, aber bestimmt kommt er nachher noch einmal hoch. Weißt du, was Annie mir neulich erzählt hat ---«

Sie redet schon wieder in einem fort. In jeder Hand hält sie eine Kuchenbox. Damit stürmt sie an Paul vorbei. Doch als die Türschwelle zur Küche überquert, fährt seine Mutter mit einem Mal zusammen, bleibt stehen und verstummt.

»Hallo Frau Altenburg«, sagt Lara, die mit einer Tasse Kaffee in der Hand am Küchentisch sitzt. Sie lächelt, erhebt sich und kommt auf die Mutter zu. »Ich heiße Lara. Schön, Sie kennenzulernen.«

»Ganz meinerseits«, haucht seine Mutter.

»Ja, äh, Mama«, sagt Paul. »Das ist eine Freundin. Wir, äh, studieren zusammen. Also nicht, dass du denkst ich bräuchte Hilfe ---«

»Keine Angst«, sagt seine Mutter. »Ich verstehe schon.«

Sie sieht etwas entrückt aus und strahlt plötzlich über beide Ohren.

»Äh«, sagt Paul, und dann nichts mehr. Seine Mutter denkt doch nicht etwa, dass ---

»Lara, ist nur hier, um übers Studium zu sprechen.«

»Ja, ja«, sagt die Mutter und lächelt weiter. »So eine Freude, Sie kennenzulernen!«

Also doch, denkt Paul. Seine Mutter denkt, Lara sei seine Freundin. Das muss er erst mal sacken lassen.

Die zwei Stunden, die der Besuch dauert, vergehen viel schneller als sonst. Das liegt wahrscheinlich daran, dass Lara viel kommunikativer ist als sein Vater und er. Seine Mutter und sie scheinen gut miteinander auszukommen. Lara bleibt immer nett und freundlich.

Was für ein Anblick. Wenn sie doch nur *wirklich* seine Freundin wäre!

Am Samstagmorgen verabreden sich Paul und Lara, um am Nachmittag gemeinsam in die Stadt zu gehen. Außerhalb der Arbeitszeit. Das heißt auch für Lara, dass sie ihre Kamera zu Hause lassen muss.

Paul darf bestimmen, was sie unternehmen. Um sie zu überraschen und ihr ein möglichst breites Spektrum seiner Interessen zu zeigen, führt er Lara als Erstes in die Altstadt und sie gehen sogar in zwei, drei Modeläden. Aber nicht zu viel.

Shoppen macht ihm Spaß. Das stimmt schon. Aber nur, solange es nicht im Übermaß geschieht. Außerdem machen ihn die ganzen jungen Verkäuferinnen immer ganz nervös. Wenn er bei *H&M* an die Kasse geht, dann stellt er sich immer dort an, wo ein männlicher Kassierer steht, um nicht unnötig ins Stottern zu geraten. Doch heute ist Lara bei ihm und er fühlt sich unbesiegbar. Er gibt Lara sogar seine Meinung zu ein paar Tops, die sie in einer Boutique anprobiert – und von denen sie eins kauft.

Danach gehen sie einen trendigen Süßigkeiten-Waffel-Eis-Laden für Touristen und bestellen jeder ein paar belgischer Waffeln. Sie spazieren ein bisschen durch die Altstadt, bis sie am Ende der Fußgängerzone zum Bismarckplatz kommen.

»Und jetzt?«, fragt Lara.

»Steigen wir in den Bus.«

»Wohin fahren wir denn?«

Das verrät Paul ihr noch nicht. Er führt sie zur Haltestelle. Sie steigen zusammen in die Linie 31 und fahren an einen Ort, den Paul wirklich spannend findet: Den Heidelberger Zoo.

Allein vor dem Gehege der Grünen Meerkatzen verbringen sie eine halbe Stunde. Als Lara die knallblauen Hoden und neonroten Penisse in der Realität sieht, kann sie nicht an sich halten. Sie prustet ungehemmt los. Der Affe quittiert ihr Amüsement, indem er seine Geschlechtsteile umso auffälliger herausstreckt.

Sie lachen gemeinsam und Paul fühlt sich wie der König der Welt. Zumindest der Dschungelwelt.

* * *

»--- und diese Hoden«, sagt Lara, als sie gemeinsam mit Paul aus dem Fahrstuhl kommt und auf seine Wohnungstür zugeht. »Das war so unglaublich. Und dann streckt der Affe mir sein rotes – Ding – entgegen.«

Lara lacht und kramt den Wohnungsschlüssel aus ihrer Tasche.

»Und?«, fragt Paul. »Hat sich mein Freizeitprogramm groß von dem eines Fußgängers unterschieden?«

»Na ja. Schon irgendwie.«

»Ach so.«

»Ja. Es war besser.«

Als sie die Wohnung betreten, gehen sie ins Wohnzimmer und setzen sich an den Couchtisch. Lara lacht noch immer. Paul kann nicht anders – er muss sie anstarren.

Sie ist wirklich schön. Da können auch die kleinen Falten nichts ändern, die sich über ihr Gesicht legen, wenn sie lacht. Wie gerne würde er sie jetzt küssen. Jede Stelle ihres Gesichts erkunden.

Sie ist sein Traum von einer Frau. Das ist klar. Noch hat ihn niemand aufgeweckt. Aber das wird bald passieren.

Sie hat einen Freund. Ein eigenes Leben. Und das wird sie für ihn nicht aufgeben. Aber immerhin hat er am Glück schnuppern können. In diesem Moment, wenn er sie ansieht, wie sie mit ihm lacht, dann ist er glücklich.

»Und?«, fragt Lara plötzlich. »Was machen wir als Nächstes?«

Paul überlegt einen Moment. Was würde ihr eine Freude bereiten? Er hat eine Idee.

»Du kannst mich interviewen, wenn du willst.«

»Jetzt? Wir sind doch im Spaß-Modus. Heute brauch ich keine Arbeit mehr.«

»Ist schon okay. Es war schön mit dir.«

»Danke.«

»Du hast dich auf meine Welt eingelassen, da ist es nur fair, wenn ich auch etwas für dich mache.«

Lara überlegt einen Moment. Dann sagt sie: »Ach, was soll's.«

Sie erhebt sich und holt das Stativ aus der Zimmerecke. Dann nimmt sie die Kamera aus der Kameratasche und befestigt sie auf dem Stativkopf. Sie drückt auf Record und das rote Lämpchen beginnt zu leuchten.

»Und – Action!«, sagt Paul.

»Ich weiß gar nicht, was ich dich jetzt fragen soll.«

»Stell die komplizierteste Frage. Die, die du dir eigentlich für ganz am Schluss aufgehoben hast.«

»Na gut. Wenn du unbedingt willst. Ich hatte das schon mal zur Sprache gebracht, aber da hattest du mir nicht geantwortet. War wohl die falsche Zeit ---«

»Nun frag schon.«

»Na, gut. Was ist dein Ziel im Leben?«

Paul muss nicht lange überlegen.

»Ich will neue Erkenntnisse liefern mit meiner Arbeit, die es so noch nicht gab. Meine Doktorarbeit soll ein Standardwerk zum sozialen Verhalten der Grünen Meerkatzen werden. Das Thema wurde bisher noch nie bis in Detail erforscht. Oder zumindest wurden einige Schwerpunkte, die ich setze, so noch nicht in einem gut verständlichen Buch publiziert. Und das ist doch schade, oder?«

Täuscht er sich, oder ist das ein Lächeln, das sich gerade in Laras Gesicht breit macht? Das wäre das erste Mal bei ihren Interviews, dass seine Antworten sie voll und ganz zufriedenstellen.

Aber warum? Was ist so beeindruckend daran, wenn jemand ein Ziel im Leben hat?

18.

Lara sitzt am Schnittplatz im Medienforum und sieht sich ihr neues Rohmaterial an.

Sie zieht den Clip des neusten Interviews mit Paul in die Timeline des Editing-Programms und macht ein paar Schnitte. Am Ende bleiben von dem zwanzigminütigen Material mehr als sieben Minuten mit sinnvollen Aussagen übrig, die sie eventuell im fertigen Schnitt nutzen kann. Eine großartige Ausbeute.

Was Paul in dem Interview sagt, hat Esprit und es weckt Gefühle. Aber warum ist es ergreifender, wenn er von seinen Träumen spricht, als wenn er von seinen Herausforderungen als Mensch mit Behinderung berichtet?

Sie klickt auf einen Ordner mit dem Titel *Füllbilder Paul*. Auch hier sind etliche Clips dazugekommen, seit sie das Material das letzte Mal sortiert hat. Sie klickt auf einen der Clips. Er öffnet sich im Vorschau-Fenster und sie drückt auf die Leertaste, um das Abspielen zu starten.

Es ist eine Szene, in der Paul im Bett sitzt und sich anzieht – erst heute morgen haben sie das aufgenommen. Leider sieht Paul ständig in die Kamera und man sieht deutlich, dass er zu der Person hinter der Kamera blickt. Und dabei im Scherz-Modus ist. Im Film kann sie das wohl nicht nutzen. Aber es freut sie, dass die Chemie zwischen Paul und ihr bei den Aufnahmen endlich aufgelockert ist.

Beim nächsten Clip, den sie öffnet, ist Paul dabei zu sehen, wie er sich ein schwarzes T-Shirt mit bunten Farbtupfern über den nackten Oberkörper streift.

Lara spielt die Szene noch einmal ab. Dass er ernsthaft Sport treibt, sieht man ihm an, trotz seiner körperlichen

Einschränkungen.

»Olala«, sagt Henrike, die plötzlich hinter Lara steht und ihr über die Schulter sieht.

Lara fährt zusammen.

»Mensch, hast du mich erschreckt. Ich habe gar nicht gehört, wie du reingekommen bist.«

»Klar. Du warst mit Wichtigerem beschäftigt. Er sieht aber auch wirklich schnuckelig aus bei näherem Betrachten, dein Protagonist. Nur an seinem Klamottenstil sollte er noch arbeiten.«

»Ich fand es nur interessant, dass er so sportlich gebaut ist, obwohl er gar nicht mehr alle Muskeln hat und ---«

»Na, brauchst nicht gleich rot werden.«

»Wieso sollte ich rot werden?«

Ja, warum eigentlich? Immerhin schneidet sie nur ihren Film.

Henrike legt Lara eine Hand auf die Schulter.

»Ja, ja. Ist ja schon gut, Süße. Weitermachen.«

Kaum hat sie das gesagt, zieht sie ihre Zigarettenschachtel aus der Hosentasche und zündet sich eine an.

Als Henrike den Raum verlässt, sieht Lara wieder zu dem Bildschirm, auf dem Paul nun als Standbild mit seinem T-Shirt zu sehen ist.

Henrike hat recht. Bei Pauls Kleidungsstil besteht in der Tat Verbesserungspotential.

* * *

Lara und Paul sitzen an seinem Schreibtisch. Vor ihnen ausgebreitet liegen mehrere Affen-Fotos, Textblätter und Bildbände.

»Und du bist dir sicher, dass dich meine Arbeit nicht

langweilt?«, fragt Paul.

»Wenn ich dich verstehen will, dann muss ich auch verstehen, was du machst. Du hattest recht. Als Protagonist in meinem Film muss ich dich in all deinen Facetten zeigen.«

Sie macht das wirklich für ihren Film. Doch mittlerweile findet sie auch seine Forschung spannend. Und dass sie wochenlang für ihn arbeitet und erst vor ein paar Tagen kapiert hat, dass Paul Biologie auf Gymnasial-Lehramt studiert, wird sie ihm natürlich nicht unter die Nase reiben. Jetzt da es so gut läuft zwischen ihnen.

Sie beeindruckt es, dass er eine Doktorarbeit schreibt, obwohl er sicherlich auch ohne den Titel einen Job als Lehrer bekommen würde. Doch Paul will etwas Bleibendes schaffen. Das kann sie nur zu gut verstehen.

»Na gut«, sagt Paul. »Wenn du dich wirklich für meine Arbeit interessierst, dann habe ich noch ein Foto für hartgesottene Meerkatzen-Fans. Bist du bereit?«

Lara nickt und Paul zieht ein Foto zwischen einem Stapel Papiere hervor.

»Voila. Hier sehen wir die ganze Pracht.«

Das Meerkatzen-Männchen auf dem Bild fletscht seine Zähne. Der vorgestreckte Penis ist halberrigiert. Gleichzeitig pinkelt das Männchen mitten in die Kamera.

»Das ist so verrückt«, sagt Lara und lacht.

»Der Hoden ist natürlich nicht nur so blau, um gut auszusehen. Die Männchen präsentieren ihre Pracht immer dann, wenn sie Gegner in die Flucht schlagen wollen oder Weibchen beeindrucken. Und – na ja – um eine Show für Touristen abzuliefern, dann machen sie auch schon mal sowas.«

Paul zeigt ihr noch, was er bisher geschrieben hat. Sie

lachen viel. Irgendwann fragt sie ihn, wie es mit dem Versprechen aussieht, dass er ihr heute Morgen gegeben hat.

»Dass wir in die Stadt gehen? Ist nur fair, nachdem du mir so viel deiner Zeit gewidmet hast.«

Eine halbe Stunde später sind die beiden in der Fußgängerzone. Diesmal hilft Lara ihm auf ungleichmäßigen Pflastersteinen und der abschüssigen Straße voranzukommen und schiebt den Rollstuhl. Paul lässt es mit sich geschehen.

Sie sehen sich alle Auslagen der Geschäfte an, die auch Männermoden führen, bis Lara vor einem Schaufenster stehen bleibt und auf ein buntes Hemd zeigt.

»Das wäre doch was.«

»Für wen?«, fragt Paul.

»Na, für dich!«

»Das sieht aus wie ein Flickenteppich. Ich weiß nicht.«

Doch Lara kippt bereits den Rollstuhl, um die zwei Stufen in das Geschäft zu überwinden. Drinnen macht Paul nur wenig Anstalten und zieht das Hemd nach kurzem Protest an.

»Und?«, fragt Lara, überzeugt davon, dass Paul noch nie zuvor so lässig und cool aussah, wie in diesem Moment.

Paul betrachtet sich lange im Spiegel. Irgendwann nickt er zaghaft.

»Na, gut.«

Das ist Laras Startsignal. Nach drei Sekunden zieht sie das nächste Hemd aus einem Kleiderständer hervor.

»Und das nimmst du auch noch mit.«

Diesmal bedankt sich Paul bei ihr. Es klingt nicht aufgesetzt. Lara geht das runter wie Öl. Endlich nimmt er sie ernst.

»Keine Ursache, Paul.«

Auch bei diesem Shopping-Trip hat Lara keine Kamera mitgenommen. Auf dem Rückweg aus der Altstadt versichert ihr Paul, dass er nichts dagegen hat, wenn sie ihn heute Abend weiter filmt. Lara überlegt einen Moment.

Die Kameraausrüstung ist noch bei ihr zu Hause. Ob sie kurz dort vorbeigehen sollen? Es ist kein allzu großer Umweg auf dem Weg zu Pauls Wohnung. Und Martin ist um diese Uhrzeit noch nicht zu Hause.

»Können wir kurz bei mir vorbeigehen, die Kamera holen?«

»Klar. Ich würde gern mal sehen, wo du wohnst.«

Fünf Minuten später öffnet Lara ihre Wohnungstür und sie treten ein.

»Willst du dich kurz in die Küche setzen? Ich brauche nur ein paar Minuten.«

Sie führt ihn in das Zimmer.

»Willst du was trinken?«

Paul schüttelt den Kopf. Sie sieht, wie sein Blick durch die Küche streift – und auf dem schiefen Regal hängen bleibt.

»Ja, das --- Mein Freund ist leider nicht so der Handwerker.«

»Macht doch nichts.«

Lara lässt Paul allein in der Küche und geht in ihr Schlafzimmer, wo das Kameraequipement lagert.

»Bin sofort wieder da«, ruft sie Paul durch die halboffene Tür zu.

Als sie die Kameratasche öffnet, um zu kontrollieren, klingelt ihr Handy. Es ist Henrike.

»Es ist gerade schlecht«, sagt Lara. »Ich muss gleich weiter zu Paul.«

»Oh. Da will ich natürlich nicht stören, Süße. Mit deinem heißen Rollstuhl-Feger kann ich natürlich nicht mithalten.«

»Sehr witzig. Was gibt es denn?«

Henrike fragt, wann Lara in der nächsten Woche den Schnittplatz benötigt, damit es nicht zu Überlappung mit ein paar Mädels kommt, die gerade ein Filmprojekt für die Schule schneiden müssen. Nachdem die organisatorischen Fragen geklärt sind, erzählt Henrike noch unaufgefordert davon, was sie am vergangenen Wochenende im Heidelberger Nachtleben getrieben hat. Und was sie für dieses Wochenende plant.

Als Lara das Schlafzimmer verlässt, realisiert sie, dass sie Paul fast zehn Minuten allein gelassen hat. Hoffentlich langweilt er sich nicht.

Lara betritt die Küche und fährt zusammen.

Paul steht mit seinem Rollstuhl neben dem Regal. Als er sie kommen hört, rollt er seine Räder einen Schritt zurück, um den Blick freizugeben.

»Ich hab den Schraubenzieher aus der Tasse auf dem Kühlschrank genommen. Ich hoffe das stört dich nicht.«

»Wie – also – Paul ---«

Das Regal steht gerade. Alle Bretter sind dort verschraubt, wo sie hingehören. Lara ist sprachlos.

Aber begeistert.

Das scheint auch Paul zu bemerken.

»Ist kein großes Ding. Ich war schon immer handwerklich begabt.«

19.

In den nächsten Tage haben Lara und Paul viele gute Unterhaltungen. Sie lachen viel und arbeiten wenig. Er ist ihr gegenüber viel offener geworden. Von den anfänglichen Spannungen, die er ihr gegenüber hatte, spürt sie nichts mehr. Und die Geschichte mit dem Regal macht sie immer noch sprachlos.

Als sie Martin darauf aufmerksam gemacht hat, lief das so ab: Am dritten Tag des fertiggestellten Regals saß sie ihm gegenüber am Küchentisch. Martin knabberte geistesabwesend an seinem Frühstücksbrot, während er in die Lektüre der *ZEIT* vertieft war. Lara starrte ihn an. Erfolglos. Er nahm weder sie noch das Regal wahr. Sie sagte: »Schon das Regal bemerkt?« Er blickte nur kurz von seiner Zeitung auf und sagte: »Wusste ich's doch, dass Frauen die besseren Handwerker sind.«

Als Lara am Freitag Nachmittag Pauls Wohnung betritt, steigt ihr noch auf der Türschwelle ein ungewöhnlich intensiver Geruch in die Nase.

Sie findet Paul in der Küche. Er wirft gerade Sardellen und Kapern in eine Pfanne.

»Oh, hi«, sagt er. »Reichst du mir mal den Oregano?«

»Wow, Paul. Du kochst?«

»Klar. Ab und zu brauch ich das, um zu entspannen. Den ganzen Tag nur die Nase in Bücher stecken und Texte schreiben, das geht nicht.«

»Das sieht ja super aus. Wo hast du gelernt, so zu kochen?«

Sie reicht ihm die Gewürze und sieht nach den kochenden Nudeln im Topf neben der Pfanne.

»Warte, bis du es probiert hast.«

»Ich bin eingeladen?«

»Na ja, ich kann dich schlecht zusehen lassen, wie ich alleine esse, oder?«

Paul holt sogar eine Flasche Rotwein hervor, »für besondere Anlässe«, wie er sagt. Der Wein und das gute Essen lösen ihre Zungen und sie erzählen viel und lachen viel.

»Ich hatte ein paar italienische Kumpels in der Schule«, erklärt Paul, als sie ihn noch mal auf seine verborgenen Kochkünste anspricht. »Die haben mir was beigebracht. Und irgendwie kann ich beim Kochen entspannen.«

»Du weißt schon, dass ein Mann, der kochen kann, super bei den Frauen ankommt.«

Er zuckt mit den Achseln.

»Lust auf Nachtisch?«, fragt er.

»Auch noch?«

»Nur, wenn du willst. Du kannst im Kühlschrank nachgucken, was es gibt.«

Sie erhebt sich und öffnet die Kühlschranktür. Darin befindet sich eine Auflaufform mit Tiramisu.

»Ich hab das Tiramisu ein bisschen aufgemotzt und Blaubeeren dazu getan. Ich hoffe, das ist okay für dich.«

»Paul. Du bist ein Schatz.«

Nach dem Essen öffnen sie eine neue Flasche Wein und gehen ins Wohnzimmer. Lara sitzt auf der Couch und Paul in seinem Rollstuhl daneben. Paul legt ein bisschen Musik auf und sie unterhalten sich. Als sie die dritte Flasche öffnen, ist es bereits nach Mitternacht. Erst als Lara aufsteht, um zur Toilette zu gehen, merkt sie, wie angetrunken sie eigentlich ist. Sie schwankt durch den Flur, hält sich ein, zwei mal an der Wand fest. Aber dafür fühlt sie sich wie Superman. Oder Wonder Woman. Wie auch immer. Jedenfalls geht es ihr großartig.

»Wie sieht es eigentlich mit deinem Film aus?«, fragt Paul, als sie zurück ins Wohnzimmer kommt.

»Gut«, sagt Lara.

»Ja? Ich wollte dir dein Werk nämlich nicht versauen.«

»Ach, was.«

Sie winkt ab.

»Darf ich dich was fragen?« Vielleicht ist es der Alkohol, der sie so mutig macht. Aber das muss sie endlich einmal loswerden.

»Schieß los«, sagt Paul.

»Da ist was, das geht mir die ganze Zeit durch den Kopf, seit ich mich mit dem Rollstuhlthema beschäftige.«

Okay, wie soll sie die Bombe am besten platzen lassen? Kann sie ihn das wirklich einfach so fragen?

»Was ist?«, fragt Paul.

»Ich weiß gar nicht, wie ich es formulieren soll ---«

»Du willst wissen, ob ich noch Sex haben kann.«

»Woher weißt du ---«

Sie muss unwillkürlich kichern.

Wie er das sagt, klingt die Frage schon sehr direkt. Nicht, dass er das irgendwie falsch versteht.

»Es ist immer dieselbe Frage, die ihr Fußgänger habt, und euch nicht zu fragen traut. Du musst bedenken, ein Rollstuhlfahrer gleicht nicht dem anderen, und ein Querschnittsgelähmter ist nicht wie der nächste.«

»Weiß ich doch ---«

»Manche können tatsächlich nicht mehr, aber das sind eher die Härtefälle. Manche brauchen Hilfsmittel, es gibt da zum Beispiel so eine Art Vibrator für den Mann, den man sich auf den Penis legen kann.«

»Ach ---«

Lara muss wieder kichern, aber sie gibt sich Mühe und fängt sich schnell wieder.

»Ja, gibt's sogar auf Rezept. Bei mir ist die Antwort auf deine Frage aber recht einfach: Ja, ich kann noch ganz gut. Sexualität ist ja auch eine Kopfsache. Wenn ich die richtigen Bilder im Kopf habe, na, ja ---«

Paul macht eine kurze Pause und Lara befürchtet schon, dass er gleich rot anlaufen wird, wenn er merkt, was er da gerade erzählt, und nie wieder einen Ton in ihrer Gegenwart herausbekommt. Doch er lacht nur kurz auf. »Dann brauch ich keine Hilfsmittel. Ich kenn aber auch Leute, die sich einfach Viagra einschmeißen.«

Wie offen er über solche Themen reden kann, denkt sie. Und spricht ihn darauf an. Er zuckt mit den Achseln.

»Schon in der Erst-Reha zeigen die Ärzte und Schwestern dir Ratgebervideos und ermutigen dich zum Training.«

»Zum Training mit den Krankenschwestern?!«

»Nein, mit der Hand natürlich.«

Ein Moment peinlicher Stille. Dann kann Lara nicht anders. Sie lacht laut los. Paul stimmt ein.

»Es geht allerdings auch noch ohne die Hände«, sagt er.

Wieder lachen beide.

Lara sieht zu den Weingläsern, die mittlerweile wieder leer sind. Aber Nachfüllen ist vielleicht doch keine allzu gute Idee.

Lara rutscht ein Stück näher ans Ende der Couch, sodass sie ihren Kopf auf Pauls Schulter legen kann.

»Manchmal bist du echt witzig, Paul Altenburg.«

»Du bist wunderschön.«

Lara hebt ihren Kopf und sieht zu Paul. Was hat er gerade gesagt?

Paul hat sein Gesicht zu ihr gedreht und sieht sie durchdringend an. Ihre Nasenspitzen sind nur zwei, drei Zentimeter voneinander entfernt.

Er wendet seinen Blick nicht von ihr ab. Sie schaut ihn an und lächelt. Warum findet sie ihn nur auf einmal so unglaublich süß? Lara verspürt deutlich das Verlangen, ihn zu küssen. Langsam bewegt sie ihren Kopf ein Stück vor. Paul steigt in ihren Kuss ein.

Als sich ihre Lippen trennen, sagt er etwas benommen: »Und du schmeckst gut.«

Sie küsst ihn noch einmal, diesmal länger und leidenschaftlicher. Paul sitzt immer noch in seinem Rollstuhl. Lara deutet ihm an, zu ihr auf die Couch zu kommen.

Er bewegt seinen Rollstuhl etwas näher an sie heran. Dann hievt er sich auf die Couch.

Lara setzt sich auf ihn und fängt an, ihm das T-Shirt auszuziehen. Dann hält sie inne.

»Aber ich tu dir nicht weh, wenn ich auf dir sitze?«

»Alles wunderbar«, sagt er.

* * *

Die morgendlichen Strahlen der klaren Wintersonne brechen durch die Jalousie der Küche. Paul steht pfeifend vor der Anrichte und bereitet das Frühstück vor, das er auf einem Tablett anrichtet. Es ist also tatsächlich passiert.

Klar, sie hat immer noch einen Freund. Sich einfach so

zwischen die Beziehung zu drängen widerspricht womöglich Pauls moralischem Weltbild. Aber nur, wenn er näher darüber nachdenkt. Und dazu ist er jetzt zu glücklich.

Vorsichtig stellt er sich das Tablett auf den Schoß. Kurz vor der Küchentür dreht er sich noch einmal um. Er hat den Orangensaft vergessen! Was ist ein Frühstück ohne Orangensaft?

In diesem Moment hört er im Flur ein Geräusch.

Mist, denkt er. Lara ist wach. Dabei wollte er sie doch überraschen.

Noch bevor er sich umdrehen kann, um in den Flur blicken zu können, hört er, wie die Wohnungstür zuschlägt.

»Lara?«

Er bewegt sich in den Flur. Nichts zu sehen. Durch die offene Schlafzimmertür wagt er einen Blick.

Das Bett ist leer.

20.

Selbst die heiße Teetasse in ihrer Hand kann sie jetzt nicht aufwärmen.

»Warum zerbrichst du dir überhaupt den Kopf?«, fragt Henrike.

Lara lehnt sich an den Tisch, auf dem der Schnittcomputer steht.

»Wie meinst du das? Ich habe gerade meinen Freund betrogen.«

»Das machen andere auch.«

»Ich nicht.«

Henrike zündet sich eine neue Zigarette an. Sie bietet Lara auch eine an, aber Lara lehnt ab.

»Ich sage dir schon lange, dass Martin nicht der richtige ist, um deine Bedürfnisse zu erfüllen. Nun hat eben ein anderer deine Leidenschaft wieder zum Leben erweckt. *C'est la vie*.«

»Aber das bin nicht ich. Ich bin gegen Seitensprünge.«

»Ich weiß. Du bist zu gut für diese Welt.«

Henrike nimmt einen langen Zug an ihrer Zigarette.

»Wie geht denn das überhaupt? Sex mit einem Rollstuhlfahrer?«

»Typische Fußgänger-Frage. Bei Paul läuft es auch nicht anders als bei anderen Jungs. Er kriegt halt nicht alle Stellungen hin. Na und.«

»So, so. Er scheint dich ja ziemlich beeindruckt zu haben.«

Lara schweigt. Henrike lehnt sich neben sie an den Tisch.

»Eigentlich ist es doch gar nicht so schwer, Süße. Wenn du deinen Prinzipien treu bleiben willst, dann ist jetzt eben der Zeitpunkt gekommen, an dem du klare Verhältnisse schaffen musst.«

»Wie denn?«

»Na, ja. Indem du Martin in die Wüste schickst. Dann kannst du dich guten Gewissens mit deinem Rollstuhlfahrer vergnügen.«

Lara atmet laut hörbar aus.

»Ich muss Martin sagen, dass wir eine Auszeit nehmen müssen. Ich brauche ein paar Wochen für mich, um nachzudenken.«

Henrike lächelt.

»Aber mit Paul läuft erst mal auch nichts. Ich brauche Klarheit über meine Gefühle.«

»Immerhin. Ein Anfang.«

Henrike legt Lara einen Arm um die Schulter und drückt sie an sich.

* * *

Paul, Nico und Jenny sitzen an einem Tisch bei *Pizza Hut* in der Hauptstraße. Jenny schneidet Nico seine *Barbecue Lover's* Pizza klein. Paul hängt trübsinnig über einem Glas Bier.

»Ich weiß nicht, was ich machen soll«, sagt er. »Sie ist einfach verschwunden. Und an ihr Handy geht sie auch nicht mehr.«

»Was ein Glück, dass du nicht wirklich Betreuung brauchst«, sagt Nico.

»Das ist nicht witzig. Ich bin verzweifelt!«

Außerdem scheint sich Lara zumindest beim ambulanten Dienst gemeldet zu haben. Frau Müller hat vorhin bei ihm angerufen, um sich zu erkundigen, was bei ihm los ist. Und gedroht, dass sie ihm wieder eine Springerin schicken.

Auch Jenny scheint Nicos Bemerkung nicht lustig zu finden. Jedenfalls dreht sie sich zu Nico und sagt: »Lass deinen Kumpel in Ruhe. Siehst du nicht, dass er ernsthaft verliebt ist?«

»Ist ja schon gut – Lara ist wahrscheinlich überrumpelt von dem Tempo, das Paul auf einmal an den Tag legt. Dass du irgendwann mal so viel Gas gibst in Liebesdingen, damit konnte nun wirklich niemand rechnen.«

»Und jetzt?«, fragt Paul.

»Mach dir keine Sorgen. Harry hat mich vorhin angerufen. Vielleicht hat er eine Lösung für dein Problem.«

»Harry?«

»Ja. Wart's ab. Worum es geht, das wird er dir gleich selbst sagen. Wir treffen uns mit ihm bei Laras Freund. Wie hieß er noch – Martin?«

»Bei Martin? Was macht Harry bei Martin! Und ist Lara auch dabei?«

»Immer mit der Ruhe. Harry will dir eine Lösung für dein Problem mit Lara präsentieren. Also mach dich locker.«

Paul nimmt einen großen Schluck vom Bier. Nico legt sich derweil die Gabel auf den Handrücken der linken Hand und fixiert die Gabel dann mit der rechten. Langsam schiebt er ein Stück Pizza auf die Spitzen der Gabel.

»Mmh! Das ist echt gut«, sagt er mit vollem Mund. »Willst du mal probieren?«

Hoffentlich war es die richtige Entscheidung, kein weiteres Bier und auch keinen stärkeren Alkohol zu bestellen. Betrunken würde er das, was nun kommt, vielleicht leichter aushalten. Dass sich Nico jetzt sogar mit Harry zusammentut, beruhigt Paul kein Stück.

Zusammen mit Jenny und Nico hat Paul sich in den winzigen Fahrstuhl geklemmt. Die Tür öffnet sich und sie betreten den Flur, der zu Laras und Martins Wohnung führt. Paul blickt nach links und nach rechts. Niemand ist zu sehen.

»Und jetzt?«, fragt er. »Hast du nicht gesagt, Harry würde uns hier erwarten?«

»Ich weiß auch nicht.«

Eine Stimme lässt sie zusammenfahren.

»Psst. Hier drüben.«

Hinter einem Vorsprung taucht Harrys Hand auf. Er winkt sie zu sich.

Als sie bei ihm in seiner dunklen Ecke ankommen, trägt Harry eine schwarze Sonnenbrille und einen großen Strohhut.

»Was machst du denn da?«, fragt Paul.

»Nicht so laut. Ich bin mitten in der Observation.«

»Ich dachte, das war nur ein Witz?«

»Ich mache nie Witze.«

»Harry hat ein paar sehr interessante Details über Martin herausgefunden«, sagt Nico. »Damit werden wir ihn jetzt konfrontieren.«

»Hä?«

Harry bringt Paul auf den neusten Stand seiner Ermittlungen.

Martin, ein Fremdgeher? Mag sein. Oder auch nicht. Wo sind die handfesten Beweise?

»Nur weil er irgendeine Frau besucht hat, und sie ihm einen Kuss auf die Wange gedrückt hat, das heißt doch noch lange nichts. Vielleicht war das seine Schwester!«

»Vertrau mir. Ich war solange in dem Geschäft. Mein Riecher für Leute, die fremdgehen, ist bestens ausgeprägt. Wenn wir ihn konfrontieren, wird er sofort bekennen. Solche Sesselfurzer wie den kenne ich.«

»Ja, und selbst wenn – was soll das bringen!«

In diesem Moment hören sie, wie sich der Aufzug in Bewegung setzt. Wenige Sekunden später hält er an und die Tür geht auf.

»Scheiße!«, zischt Harry, der in Richtung Fahrstuhl sieht. »Da ist Lara.«

»Was!«

Harry bedeutet ihm mit dem Finger ruhig zu sein und rollt ein Stück zurück an die Wand. Die anderen tun es ihm gleich und zwängen sich ebenfalls in der Ecke zusammen, damit sie vom Fahrstuhl aus nicht gesehen werden können.

Sie hören Schritte und dann das Ertönen einer Klingel, gedämpft durch die geschlossene Tür. Einen Moment später ist ein lautes Quietschen zu vernehmen.

»Warum benutzt du nicht deinen Schlüssel?«

Das ist Martins Stimme.

»Ich muss mit dir reden.«

Lara.

»Wo warst du heute Nacht?«

In der Ecke wird es langsam ungemütlich. Jenny hängt schief über den drei Rollstühlen. Die Räder von Pauls Rollstuhl, der am nächsten zum Vorsprung steht, fangen an sich zu bewegen. Paul versucht, an den Bremshebel zu gelangen, um sie festzustellen.

Aber ihm fehlen ein oder zwei Zentimeter. Er kann den Arm nicht richtig ausstrecken, weil Jennys linkes Bein zwischen seinem Schoß und Harrys Rollstuhl hängt.

»Ich weiß gar nicht, wie ich anfangen soll«, sagt Lara. »Mit uns beiden – also – das läuft doch schon lange nicht mehr rund ---«

»Wow«, flüstert Nico. »Sieht aus, als hätten wir einen super Moment abgepasst.«

»Psst«, zischt Harry.

Dann macht es einen Knall. Was auch immer genau passiert ist, kann Paul schlecht nachvollziehen. Wahrscheinlich ist Jennys linkes Bein gegen Harry geknallt. Oder sie hat sich mit ihren Händen in seinen Radspeichen verfangen und versucht die Finger zu befreien. Jedenfalls rollt sein Stuhl mit viel Schwung rückwärts. Mitten in den Flur. Jenny fällt neben Paul zu Boden.

Lara und Martin kommen ein paar Schritte auf sie zu und bleiben dann abrupt stehen. Von ihrer neuen Position sehen sie ganz sicher auch Harry und Nico.

»Und was ist das jetzt?«, fragt Martin. »Aufstand der Rollstuhl-Krieger?«

»Was macht ihr hier?«, fragt Lara. »Paul?«

Paul versucht, ihrem Blick auszuweichen. Er sieht zu Boden, aber das macht jetzt auch keinen Sinn mehr.

»Äh«, sagt er. Was soll er auch sonst antworten? Gibt es überhaupt etwas Sinnvolles, was jemand in einer solchen Situation sagen könnte?

»Wir wollten nur einen kleinen Ausflug unternehmen«, sagt Nico.

»Einen Ausflug?«

»Ja, Paul wollte uns mal zeigen, wo du wohnst. Weil er dich doch so vermisst seit heute Morgen.«

Lara macht einen Schritt auf Paul zu und beugt sich zu ihm herunter.

»Du hast dem aber nicht von gestern Abend erzählt. Oder?«, flüstert sie.

»Äh ---«

»Was gibt's da zu flüstern«, sagt Martin.

Dann sieht Martin zu Harry.

»Sag mal. Dich kenn ich doch auch irgendwo her.«

Harry zieht die Sonnenbrille ab.

»Sehr richtig. Ich bin dir in den letzten Tagen gefolgt. Na, was sagst du nun Freundchen?«

»Ja und?«

»Wärst du vielleicht so nett uns zu erklären, wer die süße Südländerin war, bei der du neulich für eine Stunde in der Wohnung verschwunden bist?«

Martin entgegnet nichts. Paul versucht, den Gesichtsausdruck von Laras Freund zu deuten. Sieht er da tatsächlich ein Ausdruck von Entsetzen in Martins Mimik?

»Siehste«, sagt Nico. »Jetzt ist er sprachlos. Ich werte das mal als Schuldgeständnis.«

»Aber das ist doch Blödsinn«, sagt Martin. »Das war nur eine Bekannte.«

Lara sieht zu Nico. Ihr Blick ist eiskalt.

»Was denn?«, sagt Nico. »Ich hab doch nichts angestellt.«

Lara wendet sich nun zu Paul. Wieder versucht er ihren Gesichtsausdruck zu deuten. Wenn er sich festlegen müsste, dann würde er aus ihrem Blick so etwas herauslesen wie: »Warum baust du so einen Mist?«

Aber was hat er denn getan? Wenn er nur Rückgrat hätte, dann würde er jetzt alles erklären. Die Situation retten.

Stattdessen spürt Paul wie Übelkeit in seinem Rachen aufsteigt und er merkt, wie ihm heiß und kalt wird. Am liebsten würde er sich einen Sack über den Kopf ziehen oder ganz einfach verschwinden. Oder nie geboren sein. Das wär's.

»Schluss jetzt!«, ruft Lara. »Haut alle ab. Ich will allein sein.«

»Komischer Haufen«, sagt Martin.

Lara dreht sich zu ihm: »Du auch!«

»Wieso denn? Das war nur Marie. Du kennst sie ---«

»Marie! Du Arsch!«

Lara macht auf dem Absatz kehrt und läuft mit lauten Schritten davon. Diesmal nimmt sie die Treppe, nicht den Aufzug. Jenny blickt zu Nico und schüttelt den Kopf.

»Was denn?«, sagt er.

»Ich hab eure Scheiße so satt«, sagt Jenny.

21.

Die Sonne geht über der weiten Steppe unter.

Von irgendwo her dröhnt ein schrilles Geheul. Das sind die Kojoten.

Das Grüne Meerkatzen-Männchen setzt sich auf den Boden und rollt sich zusammen. Nicht einmal ein Baum weit und breit, auf den es sich retten könnte. Flucht macht keinen Sinn. Wohin auch? Nach Hilfe rufen kann es nicht. Denn da ist niemand, der es hören könnte. Das Einzige, was dem Affen übrigbleibt, ist, sich zusammenzukauern und zu hoffen, dass es die Nacht übersteht.

Paul liegt auf seinem Bett und starrt an die Decke. Er weiß jetzt, wie sich ein Meerkatzen-Männchen fühlt, das von seiner Gruppe verstoßen wurde.

Lara ist untergetaucht. Sie geht nicht ran, wenn er sie anruft, antwortet nicht auf seine Textnachrichten.

»So, Paul.«

Es ist die Stimme von Martha. Paul dreht sich nicht zu ihr um. Es reicht ihm, dass er ihre Schritte auf seinem Schlafzimmer-Parkett hört. Martha die Unbestechliche, die Matrone mit gefühlten hundert Jahren Erfahrung in der Rollstuhl-Assistenz. Martha, die Springerin, die immer dann geschickt wird, wenn bei *Hilfe zum Leben* ein Assistent ausfällt. Martha, die jede Situation meistert. Was leider nicht für Pauls Gefühlsleben gilt.

»Mach die Hose auf, Junge, und dreh dich auf den Bauch.«

Paul tut wie ihm geheißen. Was soll er auch sonst machen? Martha macht ihn fertig. Während er sich umdreht, hört Paul, das Klatschen der Einweghandschuhe, die Martha überstreift. Lara hat nie Handschuhe getragen.

»Zeit für dein Zäpfchen«, sagt Martha.

In ihrer Stimme schwingt Begeisterung mit. Macht sie das eigentlich gerne? Paul hat sie nicht mal um die Zäpfchen gebeten. Aber Martha weiß alles besser als er. Eigentlich ist er doch der Chef hier. Müsste sie nicht machen, was er ihr sagt?

»Glaub mir, Junge«, pflegt sie zu sagen. »Ich weiß, was gut für dich ist.«

Kein »Aber!« von Paul hilft.

»Und nicht wieder so anstellen«, sagt sie nun.

Warum nur? Warum kann Lara jetzt nicht hier sein?

* * *

Lara sitzt im Morgenmantel an Henrikes Küchentisch.

Vor ihr steht ihr Macbook, auf dem sie vor ein paar Tagen ein Schnittprogramm installiert hat. Das Rohmaterial hat sie auf eine externe Festplatte überspielt, die sie nun an den Laptop angeschlossen hat. Ihr Ziel: Wenigstens den Film fertig zu schneiden, solange sie untertaucht.

Henrike hat sich in den letzten Tagen als ihr Engel in der Not erwiesen und sie in ihrer Wohnung auf der Couch schlafen lassen. Sie hat ihre Launen ertragen und köpft mit ihr jeden Abend eine Flasche Rotwein.

Jetzt wäre es nur fair, wenn Lara Henrikes Gastfreundschaft nicht ausnutzen würde und fleißig am Film weiterarbeiten würde. Doch Lara kann sich nicht konzentrieren. Immer wieder sieht sie sich dieselben Clips des Rohmaterials an – Paul und seine Affen, Paul beim Rugby – Paul, der ihr von seinen Lebensträumen erzählt.

Doch wie um alles in der Welt soll sie daraus einen Film schneiden?

Was Paul jetzt gerade macht? Nein. Sie darf nicht länger an ihn denken. Zumindest nicht an den echten Paul. Vor ihr bewegt sich der Film-Paul auf dem Bildschirm. Ihm muss sie sich die nächsten Tage widmen.

22.

Pauls Mutter ruft an.

»Wann können wir bei dir vorbeikommen? Dein Vater ist ganz gespannt, deine Freundin endlich kennenzulernen.«

»Lara ist nicht meine Freundin.«

»Du brauchst mir nichts vormachen, Junge. Es muss dir nicht peinlich sein, dass ich sie morgens bei dir in der Wohnung erwischt habe. Ich weiß selbst, dass ich etwas altmodisch bin, was das Zusammenwohnen vor der Ehe betrifft. Aber ich freue mich doch, dass überhaupt eine Frau bei dir übernachtet.«

»Sie ist nicht meine Freundin!«

»Warum bist du denn gleich wieder so gereizt? Du weißt, dass wir alle nur dein Bestes wollen. Warum machst du es uns so schwer, dir zu helfen?«

»Ich mache es euch schwer?«

»Ja, natürlich. Ich will doch nur für dich da sein.«

»Ha«, sagt Paul. »Anstatt, dass du dich für mich freust, wenn ich etwas erreiche – wenn ich zum Beispiel in eine eigene Wohnung ziehe oder studiere – fragst du mich tausendmal, wann ich endlich wieder nach Hause ziehe. Und natürlich mache ich mir darüber Gedanken, was du sagst. Natürlich möchte ich dir gefallen. Dabei machst *du* es mir schwer, mein Leben auf eigenen Beinen zu leben!«

So. Nun ist es soweit. Jetzt hat er es endlich einmal ausgesprochen.

Eine kurze Pause entsteht. Dann fragt seine Mutter: »Hat sie dich etwa verlassen? Ist das der Grund, warum du so schlecht gelaunt bist?«

»Ich muss los.«

* * *

»Guck mal. Ich habe dir eine Tröte mitgebracht.«

Nico zeigt zu Jenny, die eine bunte Vuvuzela hochhebt und gelangweilt hineinpustet. Felix blickt aus dem Fenster seines Zimmers.

»Wie soll ich die denn halten?«

»Oder diesen Schal. Damit kannst du uns auch anfeuern«, sagt Nico, der sich von Felix abweisender Art nicht abschrecken lässt.

Paul, der etwas abseits neben der Zimmertür sitzt, bewundert seinen Freund für dessen Ausdauer. Diese Kellnerin geht Nico nicht mehr aus dem Kopf. Und er kämpft weiter gegen Windmühlen, um sie zu beeindrucken.

Vielleicht hat er Nico falsch eingeschätzt. Ist Nico wirklich der großmäulige Weiberheld, als der er sich so gerne inszeniert? Oder steckt hinter der Fassade des Latin-Lovers, der nie um einen Spruch verlegen ist, doch ein Romantiker? Sonst würde er sich nicht so ins Zeug legen für ein Mädchen, mit dem er nur einmal essen war.

Paul kann das gut verstehen. Wenn er verliebt ist, dann ist er mit Haut und Haaren der Frau verfallen. Bei Lisa war es irgendwann genauso. Bis sie ihn fallen ließ. Und deshalb fühlt er sich jetzt, wie zweimal durch den Fleischwolf gedreht. »Sandra«, »Sandra«, »Sandra«, hat Nico in einem Fort auf der Herfahrt gesagt. Doch für Paul gibt es nur »Lara«, »Lara«, »Lara«. Nur dass Lara ihn nicht sehen will, und er könnte kotzen.

Paul rollt zum Fenster und blickt, so wie Felix, auf das

trostlose Panorama. Auf das Gespräch von Felix und Nico kann Paul sich nur schwer konzentrieren.

»Ich komm nicht mit«, sagt Felix.

»Doch klar«, sagt Nico. »Du wirst sehen, wie spannend so ein Rugby-Turnier ist. Da kommst du auf andere Gedanken. Danach willst du gar nicht mehr zurück in die Reha. Versprochen.«

Paul dreht sich um. Er deutet Jenny an, dass er in den Flur geht. Sie folgt ihm.

Die beiden holen sich am öffentlichen Kaffeeautomaten je eine Tasse und setzen sich in den Gang vor Felix' Zimmer.

»Lad sie doch zum Turnier ein«, sagt Jenny.

»Sie will mich nicht mehr sehen.«

»Ich weiß. Aber andererseits muss sie doch ihren Film fertigbekommen. Erklär ihr, was für geile Aufnahmen sie sich beim Turnier entgehen lässt. Das könnte ein gutes Finale für die Doku sein.«

»Hm.« Eigentlich keine schlechte Idee. Wenigstens auf Jenny kann er noch zählen.

In diesem Moment kommt Nico aus der Zimmertür und nähert sich ihnen mit hängendem Kopf.

»Leute, ihr müsst mir helfen. Ich kann ihn einfach nicht überreden, dass er mit uns zum Turnier fährt.«

»Und was sollen wir da machen?«

»Wir nehmen ihn einfach mit«, sagt Nico.

Paul weiß nicht, was er antworten soll.

»Äh, du meinst, wir sollen ihn entführen?«

»Sozusagen. Hilfe zur Selbsthilfe.«

»Du bist verrückt!«

»Quatsch, wir packen ihn einfach ins Auto und nehmen ihn mit. Platz genug haben wir ja. Und im Hotel regeln wir das auch irgendwie mit dem Zimmer. Nachher wird er uns danken, dass er endlich mal ein bisschen Auslauf bekommen hat, du wirst schon sehen.«

»Die Alte will nichts von dir, raffst du das denn nicht«, sagt Jenny. Ihr Tonfall ist ungewohnt schroff.

»Quatsch. Ich bin ganz nah dran. Der Schlüssel ist ihr Freund.«

Nico bewegt sich auf Paul zu und legt ihm eine Hand auf die Schulter.

»Na, was sagst du? Du bist doch mein bester Kumpel? Und du weißt, wie es ist, um eine Frau zu kämpfen. Komm schon.«

»Alter«, sagt Paul. Ob er bereuen wird, was er gleich sagen wird? »Aber dann rufst du Lara an und erklärst ihr, dass sie zum Turnier kommen muss.«

»Aber natürlich.«

* * *

Sie postieren sich in der Eingangshalle, hinter einer Säule und einem großen Farn. Irgendwann muss Felix aus seinem Zimmer kommen. Behauptet zumindest Nico. Das ist eine Reha und kein Kurhotel. Da gibt es feste Essenzeiten im Speisesaal und für die Physiotherapie in der Sporthalle.

Sie müssen etwa eine Stunde warten. Dann wird Felix von einer Pflegerin in die Halle geschoben.

»Mist«, murmelt Nico. »Er ist nicht allein.«

Natürlich nicht, denkt Paul. Felix ist auf Assistenz angewiesen. Warum soll er hier alleine durch die Hallen düsen? Beschcuerter Plan.

Plötzlich hält die Pflegerin an der Rezeption an und

geht zu ihrer Kollegin, die hinter dem Tresen steht.

»Was macht sie denn da?«

»Weiß nicht. Vielleicht braucht sie ein paar Unterlagen.«

Tatsächlich drehen sich die beiden Angestellten zu einem großen Aktenschrank auf der Rückseite der Rezeption.

»Und jetzt?«, fragt Paul.

»Ich weiß auch nicht«, sagt Nico.

»Na, los«, sagt Jenny und geht in Richtung Rezeption. Als sie sieht, dass die beiden Jungs ihr nicht folgen, winkt sie ihnen zu.

»Kommt schon, ihr Memmen. War doch nicht meine Idee.«

Jenny packt Felix' Rollstuhl. Sie atmet tief ein und drückt sich mit ihrem gesamten Gewicht gegen das Gerät.

Wie viel wiegt so ein E-Rollstuhl eigentlich? Bestimmt zwanzig Kilo, denkt Paul. Aber das Ungetüm bewegt sich. Wow! Es zahlt sich aus, dass Jenny einige Jahre Erfahrung bei der Betreuung von unterschiedlichen Rollstuhlfahrern mitbringt.

Die Pflegerin scheint immer noch in eine Aktenmappe vertieft zu sein. Sie dreht sich jedenfalls nicht um. Pauls Herzschlag verschnellert sich.

Bis Felix realisiert, wie ihm geschieht, sind sie schon auf Höhe der Schiebetür.

»Hey, Moment mal!«, ruft Felix.

Hat die Pflegerin ihn gehört? Hat sie gesehen, wie sie durch die Tür nach draußen verschwunden sind? Paul weiß es nicht. Er traut sich nicht, sich umzudrehen. Hauptsache, sie kommen schnell voran.

»Was macht ihr da!«, ruft Felix.

Zum Glück ist niemand auf der Straße. Jenny schwenkt in Richtung des Parkplatzes hinter dem Haus ein, doch Felix beginnt, sich zu wehren. Er setzt den Steuerungshebel seines Rollstuhls in Bewegung. Jenny kann den Rollstuhl nur mit Mühe festhalten. Immer wieder muss sie einen Schritt zurückweichen. Nico und Paul versuchen, den E-Rolli je von einer Seite festzuhalten. Vergeblich.

»Und jetzt? Ihr Schlaumeier?«, fragt Paul.

»Ich weiß es doch auch nicht!«, ruft Nico.

Da beugt sich Jenny herunter und zieht einen Stecker an der Steuerungsmechanik von Felix' Rollstuhl. Im selben Moment verstummt die Elektronik. Der Stuhl bleibt still.

»Wow«, sagt Nico. »Technisch begabt bist du auch noch!«

»Keine Zeit für Komplimente.«

Jenny schiebt den Rollstuhl so schnell es eben geht. Das Verladen der drei Jungs mit ihren Rollstühlen über die Rampe an der Seite von Nicos Bus dauert eine gefühlte Ewigkeit. Felix mault vor sich hin und beschimpft sie gründlich, aber niemand beachtet ihn. Auch auf dem Parkplatz kommt ihnen die Tatsache zur Hilfe, dass weit und breit kein Mensch zu sehen ist.

Erst als sie losfahren, sehen sie die Pflegerin, die auf ihrer Suche nach Felix gerade um das gesamte Gebäude läuft. Sie bemerkt sie nicht.

Als sie in Köln ankommen, dämmert es bereits. Felix hat mittlerweile Ruhe gegeben. Genauer gesagt ist er dazu übergegangen, gar nichts mehr zu sagen. Totalverweigerung.

Auch gut, denkt Paul. Hoffentlich bleibt es so, wenn sie einchecken. Er hat auch so schon genug Probleme. Die ganze Fahrt über hingen seine Gedanken bei Lara. Was sie nur gerade macht?

Sie fahren von der A3 ab Richtung Mülheim. Beim *Best Western Hotel* angekommen, parken sie auf dem Hotelparkplatz. In der Lobby begrüßt sie die Rezeptionistin mit einem strahlenden Lächeln. »Sie reisen auch wegen des Turniers an?«

»Jup«, sagt Nico. Begeistert.

»Jup«, sagt Paul. Gleichgültig.

Jenny schiebt Felix in die Vorhalle des Hotels. Er sagt immer noch nichts.

Sie teilen die Zimmer auf. Jenny bekommt ein Zimmer mit Felix, da dieser sich am wenigsten selbst versorgen kann. Paul und Nico nehmen jeweils ein Einzelzimmer. Das Hotel ist barrierefrei, die Türen sind breit genug, der Aufzug funktioniert – das ist doch schon mal was.

Sie gehen alle auf ihre Zimmer und machen sich frisch. Eine halbe Stunde später verabreden sie sich im Hotelfoyer. Paul ist als erster da, Jenny trifft mit Felix lediglich fünf Minuten nach der vereinbarten Zeit ein. Nur Nico braucht mal wieder länger und trudelt fast eine halbe Stunde später ein.

»Und?«, ruft er durch das gesamte Foyer, als er die anderen sieht. »Bereit für Party?«

Jenny zuckt mit den Achseln und Felix knurrt.

Paul sagt: »Keine Ahnung. Aber ein paar Drinks könnten sicherlich nicht schaden.«

»Also los«, sagt Nico. Bestens gelaunt setzt er sich in Bewegung.

Die Truppe geht gemeinsam ins *Gilden Brauhaus* – genau neben dem Hotel – zum Abendessen. Dort trinken sie das ein oder andere Kölsch. Felix schweigt, wie immer. Aber essen tut er doch. Mit Jennys Hilfe.

Nach zwei Stunden landen sie zurück im Hotel – in der Bar. Nico sucht einen Tisch aus. Nachdem drei Stühle zur Seite gestellt sind, setzen sie sich und bestellen eine Runde Cocktails. Felix knurrt die Bedienung an, aber Nico bestellt trotzdem einen Caipirinha für ihn. Bald tauchen weitere Gäste auf, die meisten ebenfalls Teilnehmer am Turnier. Hier und da erkennen Nico und Paul Leute aus anderen Mannschaften wieder und plaudern. Nach dem zweiten Cocktail wird Paul lockerer. Er schafft es sogar, fünf Minuten am Stück nicht an Lara zu denken.

Die Musik wird auch immer besser, jedenfalls kommt es ihm so vor. Sie wird auf jeden Fall lauter. Als sich die Musik von Dance-Musik zu Oldschool-Rock ändert und ein paar Songs von *Rage Against The Machine* und *System Of A Down* ertönen, kann Paul sich nicht länger zurückhalten. Er rollt zwischen die Tische in die Mitte der Bar und bangt den Frust der letzten Tage von sich ab.

Als er nach einer Weile wieder zum Tisch geht, sieht er, dass sich mittlerweile auch Felix' Cocktailglas auf wundersame Weise geleert hat. Felix ist im Gespräch mit ein paar Jungs aus einer anderen Rugbymannschaft. Jenny hält Felix ein neues Cocktailglas hin. Er trinkt. Irgendwann lädt Jenny Felix zum Tanzen ein. Erst murrt er, doch irgendwann bröckelt seine Verteidigung. Jenny steht auf und stellt alle Steckverbindungen an seinem E-Rollstuhl wieder her. Sie geht in die Mitte des Raums. Felix folgt ihr.

Paul bleibt mit den anderen Jungs zurück, Mitglieder der *Bulldozer* aus Belgien. Er kennt sie vom Sehen. Die Stimmung ist gut. Geschichten von vergangen Turnieren werden erzählt. Von missglückten Turnier-Liebschaften und gelungenen Abstürzen. Der Klang von gebrochenem Englisch erfüllt den Raum. Paul ist mittlerweile auf Bier umgestiegen.

Zum ersten Mal seit Tagen ist seine Welt wieder bunt. Er lacht, als einer der Typen an seinem Tisch erzählt, wie er letztes Jahr am Morgen nach der großen Turnierpartie in einem fremden Bett aufgewacht ist. Paul nimmt noch einen Schluck. Wer braucht noch eine Freundin, solange er wilde Partys feiern kann!

23.

Am nächsten Morgen erwacht Paul und starrt an die Decke. Sein Kopf dröhnt, als er ihn zur Seite dreht und sich umsieht. Okay. Es ist sein Hotelzimmer. Das ist schon mal gut.

Wie ist er bloß hier hergekommen? Keine Ahnung. Vorsichtig stützt er sich auf seinen Armen ab und erhebt sich. Irgendwie dreht sich immer noch das halbe Zimmer. Ob andere Sportler auch so rauschende Feste feiern? Oder ist das ein typisches Problem im Rollstuhl-Rugby? Er weiß es nicht. Alles, was er weiß, ist, dass er in fünf Stunden ein Spiel hat.

Beim Gedanken daran dreht sich sein Magen um.

Es dauert eine Stunde, bis Paul sich soweit zurechtgemacht hat, dass er wieder einigermaßen aussieht wie ein normaler Mensch. Als er in den Frühstückssaal kommt, kann er es kaum glauben. Nico sitzt bereits an einem der Tische. Wenngleich er auch eher den Eindruck eines Zombies auf Beruhigungsmittel vermittelt, als den eines Hochleistungssportlers im Training.

Als er Paul sieht, hebt Nico die Hand ein kleines Stück, was wohl eine Begrüßung darstellen soll. Paul schleppt sich zum Frühstücksbüffet. Wichtig ist es, den Kaffeepegel wieder auf Normalstand zu bringen, bevor er sich menschlichen Wesen nähert.

Kaum ist Paul an der Theke angekommen, wird er unsanft zur Seite geschoben. Drei bullige Typen in Rollstühlen drücken sich an ihm vorbei und laden sich ihre Teller mit je einem Berg Rührei voll. Paul muss nicht erst einen Blick auf ihre Trikots werfen, um zu erkennen, wer sie sind. *Kirchberger Knochenbrecher.* Der neue Erzfeind.

»Die schon wieder«, murmelt Nico, als sich Paul neben ihn setzt. »Haben erst seit anderthalb Jahren eine eigene Mannschaft, und führen sich auf, als hätten sie den Sport erfunden.«

»Na, ja«, sagt Paul. »Immerhin haben sie es letztes Jahr sofort bis in Finale geschafft. Und uns haben sie auch schon zweimal richtig aufgemischt. Aber das weißt du ja selbst.«

»Dass die sich immer noch trauen, Regionalliga zu spielen!«

»Den Jungs geht es eben nicht wie den anderen Mannschaften in der Regionalliga um den Spaß an der Bewegung. Die wollen unbedingt gewinnen. Und das klappt als Neueinsteiger in der untersten Gruppe natürlich viel leichter.«

»Dumm nur, dass bei uns in der Mannschaft auch einer gewinnen will.«

Paul antwortet nichts. An Harry darf er jetzt auf keinen Fall denken, sonst vergeht ihm der Appetit.

Die Jungs von der gegnerischen Mannschaft haben ihre Teller mittlerweile vollgeladen und kommen an ihrem Tisch vorbei. Die Drei sind richtige Paradebeispiele für die *Knochenbrecher.* Dicke Arme, volltätowiert und die Schädel kahlrasiert. Wo finden die nur immer solche Typen?

»Na, Pussy«, sagt der eine *Knochenbrecher*, als er Paul sieht. »Schon bereit fürs Turnier?«

»Lass doch den armen Bubi«, sagt sein Kollege. »Siehst du nicht, dass er noch ganz verschlafen ist? Der hat heute Nacht bestimmt wieder mit den anderen

Schwuletten aus seinem Team Sackhüpfen gespielt.«

Alle drei lachen.

»Bis später, Schatzi«, sagt der dritte, als sie an Paul vorbeikommen.

* * *

Das Bernd-Best-Turnier ist das größte Rollstuhl-Rugby-Turnier der Welt. Über 50 Mannschaften aus ganz Europa und dem Rest der Welt treten in vier Ligen an mehreren Spielstätten gegeneinander an, die über ganz Köln verteilt sind. Pauls Mannschaft tritt in der Basic League – der untersten Liga – an und muss die ersten Spiele in der Halle C bestreiten, der Reitweg Sporthalle in Deutz. Schon am Morgen ist Harry alleine zur Halle A in der Gesamtschule Höhenhaus aufgebrochen, um das Team und die einzelnen Spieler als Mannschaftsvertreter für das Turnier einzuchecken. Als er zurück ins Hotel kommt, um die anderen einzusammeln, ist er auf hundertachtzig.

»Habt ihr das gesehen! Die Knochenbrecher spielen immer noch Basic League. Unfassbar. Die wollen unseren Pokal klauen!«

Die anderen Spieler versuchen Harry zu beruhigen und versprechen, ihr Bestes zu geben, aber keine Chance. Harry tobt. Sie müssen fast eine halbe Stunde in der Lobby auf Nico warten, und da hat Harry genug Zeit, sich in Rage zu reden.

Nachdem sich alle Teammitglieder und ihre Assistenten auf die vorhandenen Autos verteilt haben, geht es los. Als Paul, Jenny, Felix und Nico in den Vorraum der Halle kommen, sehen sie, dass Harry bereits am Aushang mit dem Spielplan steht.

»Und?«, fragt Nico. »Wie sieht's aus?«

»Schlecht«, sagt Harry, mit solch einer Inbrunst, dass Nico und Paul beide unwillkürlich zusammenfahren.

»Die *Knochenbrecher* haben bei ihrem ersten Spiel schon wieder alle platt gemacht. Wenn wir Pech haben, werden wir unseren Erzfeinden bereits im Halbfinale in die Augen blicken müssen.«

»Sofern wir ins Halbfinale kommen«, sagt Paul.

»Natürlich kommen wir ins Halbfinale!«

Harry kommt auf Paul zu. Dann spricht er ganz leise weiter: »Und wehe, wenn nicht.«

* * *

Das erste Spiel des Tages gewinnt die Mannschaft einigermaßen knapp, mit 38:33, aber doch recht souverän. Paul fängt sogar ein paar Bälle und macht ein paar Tore. Oft genug lässt er sich aber ausspielen. Harry ist immer sofort hinter ihm und schreit ihn an.

Mittags ist das zweite Spiel angesetzt. Das läuft anfangs ziemlich gut. Nach dem ersten Viertel geht Pauls Team mit 10:4 in Führung. Im zweiten Viertel schmilzt der Vorsprung dahin. Zur Halbzeit sind es nur noch 15:12 Tore. Die Mannschaft kommt in einem großen Kreis zur taktischen Besprechung zusammen. Die Spieler sprühen sich mit Wasser aus Sprühflaschen aus der Gartenbau-Abteilung ein. Die Assistenten rücken die Handschuhe und Bandagen zurecht. Harry hält eine Ansprache, die in erster Linie aus Beschuldigungen und Beschimpfungen besteht.

»Und du Paul«, sagt er. »Wenn du nicht gleich hundertprozent Leistung bringst, dann wechsel ich dich bis zum Sankt-Nimmerleins-Tag aus.«

Geh mir nicht auf die Nerven, denkt Paul. Sagt es aber nicht. Sollen sie ihm doch alle den Rücken runterrutschen. Er hat viel größere Sorgen: Warum ist Lara nicht aufgetaucht? Nico hatte ihm versichert, dass er sie angerufen hat. Und dass Lara gesagt hat, dass sie vorbeikommen würde.

Drei Minuten später ist Paul wieder auf dem Spielfeld und sein Herz geht auf. Als er zum Spielfeldrand sieht, ist da tatsächlich Lara, die gerade die Halle betritt und sich auf eine der Bänke setzt. Paul lächelt sie an. Winkt vorsichtig. Lara beachtet ihn nicht, sie ist damit beschäftigt, ihre Kamera aufzubauen.

Sie wird mich schon beachten, denkt Paul. Ich werde ihr die Show ihres Lebens liefern. Sie wird mich erkennen, wie ich bin. Als wahres Alpha-Männchen!

Als Herr Richter zu Lara kommt und sich neben sie setzt, gefriert Pauls Lächeln.

Den nächsten Ball, der auf ihn zugeflogen kommt, lässt Paul absichtlich fallen. Herr Richter hat ihn noch nie live bei einem Rugbyspiel gesehen. Und es ist besser, wenn der MDK-Mitarbeiter auch heute nicht herausfindet, was Paul auf dem Feld leisten kann.

Harry reagiert sofort. Er wechselt Paul aus. Am Ende gewinnt Pauls Mannschaft mit einem einzigen Tor Vorsprung. 40:39.

Gleich nach dem Schlusspfiff und dem obligatorischen Abklatschen mit den Spielern der gegnerischen Mannschaft verlässt Paul die Halle. Bloß weg, bevor Harry ihn in die Finger bekommen kann. Im Flur bleibt Paul abrupt stehen. Lara befindet sich etwa fünfzig Meter von ihm entfernt den Gang entlang. Allein. Sie geht in Richtung der Toiletten.

Paul folgt ihr.

Er hat sie schnell eingeholt und beschreibt noch einen Halbkreis, um von der Seite auf sie zuzufahren – so als würde er ganz zufällig mit ihr zusammentreffen.

Als sie ihn sieht, bleibt sie stehen.

»Hi«, sagt Paul.

»Hallo.«

Beide schweigen sich an.

Warum hat er sich keine große Rede für diesen Moment zurechtgelegt? Wobei – wahrscheinlich würden ihm die Worte ihm Hals stecken bleiben, selbst wenn er Tage lang eine Erklärung auswendig gelernt hätte.

Er macht den Mund auf. Jetzt geht es darum, spontan zu sein. Einmal in seinem Leben den großen Redner markieren. Nur einmal. Das ist die Gelegenheit. Wenn er sie jetzt nicht mit einer emotionalen Ansprache beeindruckt, wird er es für immer bereuen. Das ist seine Chance Rückgrat zu zeigen. Von diesem Moment könnte er später noch seinen Enkelkindern berichten. Doch so sehr er es auch versucht – es kommen keine Worte aus seinem Rachen.

»Na, dann«, sagt Lara.

Als sie weggeht, sieht er ihr hilflos hinterher.

24.

Paul sitzt allein im Hotelfoyer und versucht in einem Affenbuch zu lesen. Doch er ist zu aufgewühlt, die Gedanken springen geradezu in seinem Kopf auf und ab. Also legt er das Buch zur Seite.

Fünf Minuten später kommt Nico mit Jenny und Felix den Gang entlang. Felix trägt eine orangefarbene Skatermütze, die ihm viel zu groß ist und tief in der Stirn sitzt. Es sieht ein bisschen aus wie ein Gangster-Rapper. Sicher eine von Nicos Mützen.

»Mensch, Paul«, sagt Nico. »Da bist du ja. Wir haben dich schon gesucht. Bereit für die Bar?«

»Ich komm heut nicht mit.«

»Come on. Das wird der Hammer.« Das kam nicht von Nico. Das war Felix, der gerade geredet hat.

Paul sieht ihn mit großen Augen an.

»Siehst du«, sagt Nico. »Selbst Felix hat's kapiert.«

»Genau«, sagt Felix. »Heute saufen wir die *Knochenbrecher* untern Tisch.«

»Das ist mein Mann!«, sagt Nico und wendet sich dann wieder zu Paul.

»Wir haben alle kapiert, dass du Liebeskummer hast. Aber da kannst du nicht einfach den ganzen Tag nur rumsitzen und dich in deiner Trauer suhlen.«

»Ich hab die Schnauze voll von diesem Versteckspiel! Ich kann nicht länger den Krüppel markieren für die Kamera und die Krankenkasse.«

»Jetzt die Wahrheit sagen, ist mit Sicherheit nicht der richtige Zeitpunkt.«

In diesem Moment tauchen Harry und seine Frau Maria im Foyer auf. Harry trägt ein knallbuntes Hawaii-

Hemd.

»Der zieht ja schon wieder so eine Fresse«, sagt Harry, als er Paul sieht. »Ich fass' es nicht. Was eine Scheißidee, sich in die eigene Betreuerin zu verlieben.«

»Paul wollte dir halt nacheifern«, sagt Nico.

»Hä?«

»Na ja. Du und Maria. Ihr habt euch doch auch so kennengelernt.« Als keine Reaktion von Harry kommt, sagt Nico, etwas verunsichert: »Oder?«

»Was laberst du für'n Scheiß? Ich hab's nicht nötig, Pflegepersonal zu besteigen. Meine Frau hab ich in der Disko kennengelernt.«

»Oh«, sagt Nico. Und dann zu Maria: »Aber du bist doch Krankenschwester?«

»Ich bin Anwältin«, sagt sie. »Für Insolvenzrecht.«

»Ach ---«, sagt Nico und dann nichts mehr.

Paul schüttelt den Kopf. Warum nur? Warum hört er immer wieder auf Nico!

Harry setzt sich in Bewegung. »Na, kommt ihr nun, oder was?«

Alle folgen ihm.

Nur Paul bleibt allein zurück.

25.

Die ersten Sonnenstrahlen brechen durch den halb zugezogenen Vorhang in sein Hotelzimmer. Paul liegt auf dem Bett und starrt an die Decke. Dann drückt er seinen Oberkörper mit den Armen nach oben und zieht sich an. Sein Plan ist idiotensicher. Dass Nico ihn erwischt ist eigentlich unmöglich. Das erste Spiel seiner Mannschaft ist heute erst um 15 Uhr. Nico wird also kaum vor zehn Uhr aus seinem Hotelzimmer kommen. Jetzt ist es kurz vor neun.

Paul setzt sich in seinen Rollstuhl und fängt an seine Reisetasche zu packen.

Felix – der kommt ohne Jenny eh nicht aus dem Zimmer. Harry? Na ja, der war bestimmt auch lang unterwegs in der Nacht und wird noch schlafen. Oder sich mit seiner Frau vergnügen. Der Anwältin für Insolvenzrecht!

Paul hievt sich seine große Sporttasche auf den Schoß und sieht sich noch einmal um. Das Zimmer ist leer.

Er geht auf den Flur und sieht sich um. Doch da ist niemand. Gut. Die überstürzte Flucht kann beginnen.

Paul hat keine Ahnung, wie er reagieren würde, wenn seine Freunde und Teamkollegen ihn abfangen – und anfangen würden, ihn zu überreden hierzubleiben und weiterzumachen. Paul ist nicht gut in Situationen, in denen Menschen freundlichen Druck auf ihn ausüben. Aber er muss hier raus. Alles hinter sich lassen. Und versuchen, Lara zu vergessen.

Als der Fahrstuhl im Erdgeschoss anhält und sich die Türen öffnen, lugt Paul vorsichtig in die Lobby. Niemand zu sehen.

Vielleicht kann die Dame an der Rezeption ihm die

nächstbeste Zugverbindung nach Heidelberg heraussuchen. Auf halbem Weg zum Empfang zuckt Paul zusammen. Hinter ihm ertönt eine Stimme.

»Hallo, Herr Altenburg.«

Langsam dreht Paul sich um. Ein gut gelaunter, über beide Ohren grinsender Herr Richter vom MDK kommt auf ihn zu. Den hatte er gar nicht auf der Liste!

Sind Lara und Herr Richter etwa im selben Hotel abgestiegen, wie sein Team? Eigentlich logisch, jetzt wo er so darüber nachdenkt. Schließlich hat Lara alle nötigen Informationen zum Turnier von Nico erhalten. Mist!

»Schön Sie zu sehen. Sie sind der erste von den Spielern, den ich heute sehe.«

»Tja ---«

»Ich habe mir gestern ihr Spiel angesehen. Spannend!«

»Ach ja?«

Jetzt bloß nicht in Smalltalk verwickeln lassen. Wenn er den Kerl schnell abwimmeln kann, dann schafft er es immer noch, hier rauszukommen.

»Wollen Sie denn nicht erst mal zum Frühstück. Bevor es nichts mehr gibt ---«

»Aber da komme ich doch gerade her.«

»Ach ---«

»Aber?«, Herr Richters Blick fällt auf Pauls Reisetasche. »Wozu brauchen Sie denn diese riesige Tasche? Benötigen Sie so viel Material für Ihren Sport?«

»Äh ---«

In diesem Moment kommen Nico, Jenny und Felix aus dem Aufzug.

»Mensch, Paul! Da bist du!«

»Oh, Nico«, stammelt Paul. »Schon wach?«

»Ja. Die Party gestern war gar nicht so doll. Harry hat

uns gezwungen, früh ins Bett zu gehen ---«

Nico kommt neben Paul zum Stehen. Sein Blick fällt ebenfalls auf die Reisetasche.

»Warum schleppst du denn deine Reisetasche mit dir rum?«

»Tja. Es ist so ---«

Dass ich euch nicht mehr sehen will? Dass ich die Schnauze voll habe?

Die Schiebetüren des Hoteleingangs öffnen sich. Sandra betritt die Lobby. Sandra? Was macht die denn auf einmal hier? Als sie die Gruppe sieht, bleibt sie stehen und holt tief Luft.

»Felix!«

Alle drehen sich zu Sandra um, die nun auf Felix zugeht.

Das ist gut, denkt Paul. Ablenkung. Vielleicht kann er noch fliehen. Das Auschecken übergehen und einfach rausrollen, während die anderen mit dem freudigen Wiedersehen beschäftigt sind. Den Schlüssel schickt er dann eben mit der Post zurück.

Paul sieht sich im Raum um. Zu seiner rechten ist der Rezeptionstresen, zu seiner linken stehen mehrere Sofas und versperren den Weg zum Ausgang. Vor ihm stehen Herr Richter und Nico, die aber nicht mehr in seine Richtung sehen. Es ist nicht unmöglich, zwischen Herrn Richter und der Rezeption durchzukommen. Er muss nur sehr vorsichtig sein.

Als Sandra vor Felix zum Stehen kommt, sieht sie auf ihn herunter. Sie wirkt angespannt. Es ist Felix, der als erster den Mund aufmacht.

»Schön, dich zu sehen«, sagt er.

»Schön, *dich* zu sehen.«

Paul setzt sich in Bewegung. Vorsichtig schiebt er sich an Herrn Richter vorbei. Jetzt stehen noch Jenny, Sandra und Felix zwischen ihm und dem Ausgang. Ob sie ihn beachten werden, wenn er sich links an ihnen vorbeischiebt?

In diesem Moment geht Sandra zu Nico. Sehr gut, denkt Paul. Damit verlagert sich die Aufmerksamkeit der Gruppe noch einmal um eine halbe Drehung von der Tür weg.

»Wie kann ich dir nur danken?«, sagt Sandra.

Nico lächelt. »Na. Ich hab da schon ein paar Ideen.«

»Du hast es wirklich fertiggebracht! Felix hat die Reha verlassen. Danke, dass du mich gleich angerufen hast.«

»Ist doch logo ---«

Paul bewegt sich nur langsam vorwärts. Jenny steht so nah an einem kleinen Tresen mit Infobroschüren, dass Paul nur um Haaresbreite zwischen ihrem Rücken und dem Tresen durchkommt. Zum Glück scheint auch Jenny interessiert dem Geschehen zu folgen.

Gerade als Paul zur Ausgangstür, die nun in etwa fünf, sechs Metern Entfernung frei vor ihm liegt, losspurten will, geht Sandra von Nico zurück zu Felix und versperrt ihm somit den Weg.

»Es tut mir so leid«, sagt Sandra zu Felix. »Aber es hat mich fürchterlich mitgenommen, als ich dich so gesehen habe. Ich hatte keine Kraft, dich weiter zu besuchen. Das war falsch von mir. Kannst du mir verzeihen?«

»Ich hab mich auch scheiße benommen«, sagt Felix.

»Vielleicht können wir noch mal von vorne anfangen?«

Felix sieht sie einen Moment lang still an. Dann sagt er: »Warum nicht.«

Nicos Grinsen gefriert.

Schade, denkt Paul. Gerade wenn es wirklich interessant wird. Spannend wäre zu sehen, wie Nico reagiert, wenn er herausfindet, was genau Sandra und Felix wieder zusammen von vorne anfangen wollen.

Bestimmt nicht *Monopoly* spielen. Aber Paul muss seinen Zug erreichen. Ganz vorsichtig schiebt Paul sich den schmalen Korridor entlang, der hinter Sandras Rücken entstanden ist. Ganz langsam. Damit niemand auf falsche Gedanken kommt. So als wollte er nur mal eben zu dem zweiten Flyerständer, der neben der Ausgangstür steht.

»*Was* wollt ihr denn wieder *anfangen*?«, ruft Nico derweil.

»Eigentlich hatten wir unsere Hochzeit schon geplant, als der Unfall passiert ist«, sagt Sandra.

»Das heißt – Felix ist nicht *irgendein* Freund von dir, sondern *dein* Freund.«

Sandra nickt. Vorsichtig legt sie einen Arm um Felix. Er lässt es mit sich geschehen.

»Auch noch mal danke von mir. Hat echt Spaß gemacht mit euch.«

Jenny, die hinter Nico steht, schüttelt den Kopf. Sie kann nicht an sich halten und sagt laut hörbar: »Oh, Mann!«

Sandra und Felix sind nun so mit sich selbst beschäftigt, dass sie gar nicht bemerken, dass Nico gerade in eine Depression fällt.

Paul sieht sich um. Jetzt zögert er einen Moment. Müsste er jetzt nicht doch hier bleiben? Seinem Kumpel beistehen? Aber er ist bereits zwei Meter vor dem Ausgang angekommen. Die Schiebetür öffnet sich. Nur noch ein paar Zentimeter in die Freiheit. In die Flucht und das Verdrängen.

Doch Herr Richter steht plötzlich neben Paul. Wo kommt der schon wieder her?

»Ein rührendes Ende. Finden sie nicht?«

»Klar, aber ich muss dann wirklich ---«

Der Signalton des Aufzugs ertönt und die Türen öffnen sich. Lara tritt in die Lobby.

»Hallo!«, ruft Herr Richter ihr zu. »Hier sind wir.«

Als sie Paul sieht, blickt sie kurz zur Seite. Doch dann geht sie auf die beiden zu.

»Hallo«, sagt sie zu Paul, sieht ihm aber nicht in die Augen.

»Hallo«, sagt er, blickt aber nicht zu ihr auf.

Die Schiebetür ist mittlerweile wieder zugegangen. Paul rollt ein paar Zentimeter vor, damit sie sich öffnet.

»Wie? Wollen Sie schon alleine vorgehen?«, fragt Herr Richter.

»Ich muss meinen Zug erreichen«, sagt Paul.

»Sie reisen ab? Aber das Turnier hat doch gerade erst angefangen.«

Als würde nicht schon genug Chaos im Hotelfoyer herrschen, kommen Pauls drei Lieblings-*Knochenbrecher* aus einem Gang in Richtung Rezeption gerollt. Vielleicht haben die drei auch einen Chaosdetektor, denkt Paul. Wie Schmeißfliegen tauchen sie immer dann auf, wenn die Kacke am Dampfen ist.

Wie nicht anders zu erwarten, haben die Drei bereits am Morgen ihre Trikots an und einer hat einen Ball auf dem Schoss. Wahrscheinlich trainieren sie auch noch auf den Zimmern und üben Passen, während sie durch die Hotelflure rollen.

»Na, Paul?«, ruft der Erste. »Hast du's mit der Angst bekommen?«

»Ach, lass den. Der kann doch nicht mal einen Ball fangen.«

Die *Knochenbrecher* lachen. Der Erste nimmt seinen Ball hoch und schmeißt ihn in Pauls Richtung. So hoch, dass es so gut wie unmöglich ist, ihn zu fangen. Selbst wenn Paul wieder richtig mitspielt, wenn er das Simulieren endlich sein lassen würde und seinen Arm soweit strecken würde, wie es ihm in Wirklichkeit möglich ist.

»Da hol den Ball.«

Als die Kugel auf ihn zufliegt, kommt es Paul vor, als würde die Welt sich in Zeitlupe drehen. In seinem Kopf überschlagen sich die Gedanken. Alle Blicke im Raum folgen unwillkürlich der Flugbahn des Balls. Nur Paul starrt einfach gerade aus.

Dann streckt Paul seinen Arm in die Höhe und angelt das Geschoss aus der Luft.

Herrn Richter und Lara fallen synchron die Kinnladen herunter. Paul dreht sich zu ihr und reicht ihr lässig den Ball.

»Sorry, Lara. Ich hab dir die ganze Zeit etwas vorgespielt. Ich hab nur einen auf Krüppel gemacht, damit ich eine Assistentin abschleppen kann.«

»Na ja ---« Es ist Felix, der zu Paul herüber gefahren kommt, um ihm zu assistieren. »Eigentlich war die Idee von Nico. Ich weiß mittlerweile Bescheid. Es war ---«

Paul unterbricht ihn. »Aber ich hab freiwillig mitgemacht. So ist es, Lara. Ich hab dich verarscht.«

Lara sieht ihn einen Moment schweigend an.

Dann scheuert sie ihm eine.

Der Widerhall des Aufklatschens ihrer Handfläche auf

seiner Wange fliegt von allen Ecken des Raums auf ihn zu. Pauls Kopf federt zur Seite, doch er verzieht seine Miene nicht.

»Sauber!«, ruft einer der *Knochenbrecher.*

Herr Richter macht einen Schritt auf Paul zu. Er sieht nachdenklich aus.

»Moment mal. Das heißt ja, dass Sie sich die Leistungen der Pflegekasse erschlichen haben. Aber dann muss ich ja – also ich muss dann ---«

Er überlegt einen Moment. Dann hellt sich seine Miene auf. »Ja richtig! Das wird meine erste Schadensersatzklage. Aufregend!«

Paul ist in diesem Moment alles egal. Es ist ein Moment der Leere. Nun hatte er doch noch seinen großen Auftritt. Einmal im Leben den großen Helden spielen, den unmöglichen Pass abfangen und vor versammelter Mannschaft und einer Frau sagen, was Sache ist. Endlich einmal Rückgrat zeigen, und doch ist alles für die Katz.

Er sieht Lara an. Sie blickt zurück. In ihrem starren Gesichtsausdruck kann er keine Emotionen ablesen. Schließlich dreht Lara sich um und geht davon. Sie verschwindet im Aufzug. Die Türen schließen sich hinter ihr.

Sie ist weg.

* * *

Als Paul zwei Minuten später vor die Tür des Hotels tritt, kommt ihm Harry hinterher und stellt sich ihm in den Weg.

»Mutig, dein Auftritt.«

Paul zuckt mit den Achseln.

»Find ich gut, ehrlich.«

Als Paul nichts entgegnet, schlägt Harry ihm auf die Schulter.

»Na, komm. Das Spiel fängt gleich an. Lass uns die *Knochenbrecher* ein für alle Mal eindosen.«

Paul überlegt einen Moment. Aber nicht lange. Warum eigentlich nicht? Was hat er jetzt noch zu verlieren?

»Na gut.«

26.

Weisheiten, die Jenny gelernt hat, als sie jahrelang bei männlichen Rollstuhlfahrern gearbeitet hat:
* Rollstuhlfahrer sind nicht anders als andere Menschen. Der persönliche Charakter jedes einzeln ist, was zählt. Das gilt leider auch für Charakterschwächen.
* Mach nicht immer jeden Extremsport-Quatsch mit, den die Rollstuhlfahrer vorschlagen. Bei Bergtouren kannst du auch mal jemand anders bitten zu schieben. Es bringt nichts, wenn du am Ende auch noch im Rollstuhl landest.
* Männer sind wie kleine Kinder. Immer.

Das alles hat Jenny bei Nico auf die harte Tour mitbekommen. Jetzt steht sie in seinem Schlafzimmer und packt seine Reisetasche aus. Sie nimmt die goldene Medaille von dem Stapel Kleidung in der Tasche und hebt sie hoch, sodass Nico sie sehen kann.

»Wohin damit?«

Doch Nico beachtet sie gar nicht. Dass seine Mannschaft das Turnier gewonnen hat, hat Nico nur am Rande wahrgenommen. Ihr könnte das egal sein. Ist es aber nicht.

Jetzt sitzt Nico am Fenster und labert irgendeinen Mist über Frauen – und von dem Problem, Frauen zu verstehen, der Unmöglichkeit, eine Frau zu erobern, und so weiter. Seit drei Tagen geht das jetzt so.

»Ich bin unfähig, einfach unfähig, eine Frau zu finden«, sagt Nico und Jenny stellt die Medaille einfach irgendwo ins nächstbeste Regal. »Eigentlich hat Paul es richtig gemacht mit seiner Abstinenznummer. Wenn man es erst gar nicht versucht, kann einem nicht das Herz herausgerissen werden und darauf herumgetrampelt werden.«

Jenny seufzt, so laut, dass Nico es auch hören muss. Aber keine Chance. Er redet einfach weiter.

»Für Typen wie Paul und mich ist es hoffnungslos, hoffnungslos – Nie wird sich eine Frau für mich interessieren.«

Unglaublich, denkt Jenny. Wie kann man nur so blind sein? Wenn Nico nicht ständig mit seiner aufgesetzten Macho-Tour irgendwelchen Tussis auflauern würde, die sich sowieso nicht für ihn interessieren und stattdessen einfach mal er selbst wäre, wenn er eine Frau trifft – dann müsste sie dieses Lamentieren jetzt nicht ertragen. Oder wenn er einfach seine Augen aufmachen würde für das, was er hat.

»Hol mir meinen Terminkalender, Jenny. Ich werde ihn zerreißen, damit ich niemals wieder in die Versuchung gerate, eine der zahlreichen Frauen darin anzurufen! Da könnte ich mich ja gleich Paul und seinen Schläger-Affen anschließen und mir den Sack blau anmalen ---«

Sie atmet tief durch. Jenny schließt den Deckel der Reisetasche und geht in den Flur. Den Terminkalender zu suchen, hat sie allerdings nicht vor. Sie wird das tun, was sie schon vor langer Zeit hätte tun müssen.

Nico redet einfach weiter. Auch um die Ecke kann sie ihn noch deutlich hören.

»Nicht mal, wenn ich mir den Sack mit Neonfarbe anmale, könnte mich das noch retten. Die Welt ist ungerecht ---«

Als Jenny zurück ins Schlafzimmer kommt, dreht Nico sich gerade um und sieht in ihre Richtung. Sein Redeschwall endet abrupt. Der Mund steht ihm sperrangelweit offen.

Jenny hat sich ihres Pullis, der Jeans und der Socken entledigt, und steht nur mit ihrer schwarzen Spitzenunterwäsche und ihrem Bauchnabelpiercing bekleidet im Türrahmen.

Nun hat sie es endlich geschafft. Nico hält die Klappe.

»Wenn du mal fünf Minuten lang keinen Blödsinn erzählen würdest, wärst du eigentlich ganz süß.«

»Äh ---«, sagt Nico. »Wow ---«

Nico sieht jetzt aus wie ein kleiner Schuljunge. Vor dem ersten Diktat. Er stammelt etwas, unverständlich, und zeigt auf Jenny und dann auf sich.

»Das – äh – ist interessant«, sagt er schließlich. »Das heißt also, dass du – äh – Mensch, wenn ich das gewusst hätte ---«

Genug gelabert, denkt Jenny. Sie läuft auf ihn zu. Setzt sich auf seinen Schoß.

Und er schweigt immer noch.

27.

Erreicht ein Grünes-Meerkatzen-Männchen die Geschlechtsreife, so muss es die eigene Gruppe verlassen. Es ist ein Abnabelungsprozess, der für das Jungtier im ersten Moment hart ist. Langfristig ist es aber die einzige Lösung: Gegen die dominanten Tiere der Gruppe, die Alpha-Männchen, könnte sich ein junges Äffchen, dessen Hoden gerade erst den passenden Blauton entwickelt haben, nicht durchsetzen.

In der freien Wildbahn kann der Verstoßene schließlich seinen eigenen Lebensstil entwickeln, muss nicht länger die Verhaltensweisen der Älteren kopieren, sondern kann zu sich selbst finden. Oft dauert es nicht lange, bis so ein Männchen die volle Kontrolle über seine Fähigkeiten findet, seine Selbstzweifel überwindet und einem Affenweibchen einer anderen Gruppe schöne Augen macht – oder eben: Ihr seine Geschlechtsteile präsentiert. Das Äffchen ist nun endlich ein Mann geworden.

Paul sieht auf den Laptop-Bildschirm vor sich. Das Korrekturlesen seines Manuskripts läuft wie von selbst. Er muss nur an wenigen Stellen die Formulierungen ausbessern. Die letzten Wochen waren produktiv.

Jetzt sitzt er im *Café Knösel* – alleine – und lehnt sich zurück. Nico ist vor drei Wochen zusammen mit Jenny auf eine Backpacker-Reise ans Mittelmeer aufgebrochen. Die beiden schlafen in Jugendherbergen oder im Heck von Nicos Bus und sind alle drei oder vier Tage an einem neuen Ort. Bei Facebook sieht Paul regelmäßig, wo sie sich gerade herumtreiben. Zuletzt haben sie Bilder von einem Badestrand in Sizilien veröffentlicht.

Wahrscheinlich ist Paul wegen der neuen Ruhe in seinem Leben in den letzten Tagen so gut vorangekommen. Wie dem auch sei – er freut sich für Jenny und Nico.

Paul sieht auf. Die Kellnerin kommt mit seinem Kaffee.

»Bitte sehr«, sagt sie.

»Vielen Dank.«

Paul lächelt sie an.

»Hat Ihnen schon mal jemand gesagt, dass Sie schöne Augen haben?«

»Heute noch nicht«, sagt sie.

»Ist aber wahr.«

Sie hebt sich das Tablett vor's Gesicht. Vielleicht weil sie rot wird, vielleicht weil sie ihr Lächeln vor ihm verstecken will. Oder beides. Doch dann nimmt sie das Tablett wieder herunter.

»Danke.«

Als sie geht, greift Paul zu seiner Kaffeetasse. Sein Laptop gibt ein Ping von sich, das untrügliche Zeichen, dass er gerade eine E-Mail erhalten hat. Paul nimmt einen Schluck, dann setzt er die Tasse ab und öffnet das Mailprogramm.

In der Betreffzeile sind alle Buchstaben groß geschrieben:

EINLADUNG ZUR FILMPREMIERE.

Paul lehnt sich zurück.

* * *

Als die Mutter Pauls Küche betritt, sieht sie sich kurz um. So als würde sie jemand suchen.

»Nein«, sagt Paul. »Außer mir ist niemand hier.«

Die Mutter lächelt, etwas verkrampft und stellt die Essensschüsseln ab. Der Vater trottet hinterher und schüttelt Paul die Hand. Dann setzen sie sich.

Beim Essen unterhalten sie sich über den neuesten Tratsch aus der Pfalz und über Pauls Doktorarbeit. Seine Mutter hält sich angenehm zurück – sie fragt diesmal nicht, wann Paul endlich wieder nach Hause kommt – und auch der Vater bringt sich ein paar Mal in die Unterhaltung ein.

Erst beim Apfelkuchen sagt seine Mutter: »Weißt du, diese Lara war wirklich ein nettes Mädchen.«

Paul hält die Luft an.

»Aber wenn du nicht mehr über sie reden willst, ist das natürlich deine Sache. Ich verstehe das.«

Paul lächelt. »Danke, Mama. Du brauchst dir keine Sorgen um mich machen. Momentan habe ich alles ganz gut unter Kontrolle.«

»Das ist schön. Schmeckt der Kuchen? Das ist doch immer noch dein Lieblingsrezept, oder?«

»Zergeht auf der Zunge.«

Die Eltern bleiben noch drei Stunden, sie spazieren sogar gemeinsam bis in die Altstadt und zurück. Als sie sich am Abend von ihrem Sohn verabschieden, dreht sich der Vater noch einmal im Türrahmen um.

Er legt eine Hand auf Pauls Schulter.

»Weißt du«, sagt er. »Wir freuen uns für dich. Dass du alles so gut unter Kontrolle hast. Dein Studium, die eigene Wohnung. Es war nicht immer leicht für uns. Wir konnten uns nicht immer vorstellen, wie das funktionieren soll. Besonders deine Mutter ---«

»Schon gut«, sagt Paul. Er ergreift die Hand seines Vaters. »Danke.«

* * *

Rugbystühle krachen gegeneinander. Paul kippt um und wird über die Leinwand geschleudert. Schnitt. Nico erscheint. »Ach, was. So schlimm ist das nicht. So lang er nicht auf den Kopf fällt.«

Die Menge lacht. Immer wieder. Scheint so, als kommen er und seine Kumpels als Haufen lustiger Typen rüber. Liebenswerte Rugby-Draufgänger. Aber wie soll er einen Film, in dem er selbst die Hauptrolle spielt, richtig bewerten?

Paul sitzt ganz hinten im Kino am Rand der Stuhlreihen. Der große Saal ist gut gefüllt. Es sind bestimmt dreihundert Besucher anwesend. Als der Abspann beginnt und das Licht langsam angeht, setzt der Applaus ein. Lara geht auf die Bühne – im Abendkleid – und verbeugt sich.

Paul ist stolz auf sie. Und auch ein bisschen baff. In ihrem Outfit sieht sie aus wie eine Filmdiva aus vergangenen Zeiten. Wow.

Auf dem Weg ins Foyer wird Paul mehrmals angesprochen. Menschen gratulieren ihm zu dem Film. Paul schüttelt ein paar Hände, lächelt und geht weiter. Herrn Richter sieht er auch. Paul winkt ihm zu. Aber der MDK-Mann erwidert nur kurz seinen Gruß. Auf ihn zu kommt er nicht. Also geht Paul weiter.

Lara entdeckt er in der Nähe der Popcorn-Maschine. Auch sie muss viele Hände schütteln. Also bleibt Paul einen Moment stehen und beobachtet sie. Ist das noch die Lara, die er vor ein paar Monaten gekannt hat? Sie ist so selbstsicher geworden. Und das macht sie richtig sexy.

Als sich die Menschentraube um sie auflöst, geht er zu ihr.

»Schöner Film«, sagt Paul.

Sie senkt ihren Blick. Ist sie verlegen wegen ihm?

»Lange nicht gesehen.«

»Ja. Hatte viel zu tun. Meine Doktorarbeit ist fertig, hab sie sogar als Buch bei einem guten Verlag unterbringen können.«

»Wow.«

»Demnächst bekommst du dann eine Einladung zu einer Buchpräsentation.«

»Wie ist die Sache mit der Krankenkasse ausgegangen?«

»Tja. Wird mich schon ein paar Euros kosten. Aber die Jungs aus der Mannschaft haben mir das Preisgeld vom Turnier zugesteckt.«

»Oh, toll.«

»Was wäre man nur ohne Freunde wie Harry und Nico?« Paul lacht. »Und du? Hast du dich mit deinem Freund ausgesöhnt?«

»Ausgesöhnt schon. Aber das mit Martin und mir hat keine Zukunft. Er hat seinen Traumjob in New York angenommen. Irgendwas mit Geldströmen und Anlagevolumen oder so. Und ich bin noch hier, wie du siehst.«

»Tut mir leid.«

»Ach was ---« Sie macht eine wegwerfende Handbewegung. »Ich muss dir aber was sagen. Ich wollte dich nicht verletzen, Paul. Tut mir leid, dass ich einfach so aufgestanden bin und aus deinem Leben abgehauen bin.«

»Schon gut. Ich habe mich aufgeführt wie ein Volltrottel.«

Lara zuckt mit den Schultern. Dann muss sie lachen.

»Ja. Hast du.«

»Ist schon okay, dass du mich nicht mehr sehen wolltest. So konnte ich wenigstens meine Doktorarbeit fertigstellen.«

»Und ich meinen Film.«

»Ja.«

Sie schweigt ihn einen Moment an. Schließlich fragt sie: »Und? Hast du schon ein neues Projekt in Planung?«

»Klar. Hab schon ein paar Ideen.«

»Sag mal ---«

Wieder wird sie still. Sie tänzelt von einem Fuß auf den anderen. Hält sich ihre Hände verschränkt vor den Bauch. Dann sagt sie: »Willst du dich vielleicht morgen mit mir auf einen Kaffee treffen?«

Paul sieht sie einen Moment an. Er mustert sie von den hochgesteckten Haaren, über das Abendkleid bis zu den hochhackigen Schuhen. Sie sieht wirklich umwerfend aus.

Kann er auch ohne sie glücklich werden? Warum nicht. Das Leben besteht nicht nur aus Romanzen und Rollstuhl-Rugby. Kann er auch eine andere Frau finden? Wahrscheinlich.

Aber, ob andere Frauen auch so schön in einem Abendkleid aussehen wie Lara?

»Na, und? Was sagst du?«

Paul lächelt.

»Ich check mal meinen Kalender.«

DANKSAGUNGEN

Im Frühjahr 2011 erhielt ich den Auftrag, einen Dokumentarfilm für das 30-jährige Jubiläum der *Individualhilfe Heidelberg* zu drehen. Zu den Dreharbeiten gehörte unter anderem der Besuch eines Sport-Turniers mit einem der Kunden des ambulanten Dienstes.

Bei diesem verlängerten Wochenende habe ich nicht nur den Sport Rollstuhl-Rugby kennengelernt. Bei ausgedehnten Gesprächen in der Rollibar des Hotels wurde mir klar, dass ich unbedingt einen Roman schreiben müsste, der die Stimmung einfängt, die herrscht, wenn ein Fußgänger mit einem Haufen durchgeknallter Rollstuhlfahrer ein Wochenende verbringt.

Auch meiner Großmutter fällt großer Dank zu. Gerade als ich mir die ersten Gedanken machte, wie ich die Geschichte umsetzen könnte, präsentierte sie Fotos eines urinierenden Grünen-Meerkatzen-Männchens, die sie auf ihrer gerade abgeschlossenen Südafrika-Reise aufgenommen hatte.

Leider gibt es im Heidelberger Zoo keine Grünen Meerkatzen, wie ich im Buch behaupte. Ich hoffe, Sie verzeihen diese künstlerische Freiheit meinerseits. Eine Liste der deutschen Zoos, die diese Affen beheimaten, findet sich auf dieser Webseite:

www.zootierliste.de/?org=17 (Suchbegriff: Grüne Meerkatze)

Bei meinen weiteren Recherchen halfen mir Dimi, Elena und Holger sowie Michaela von der Individualhilfe.

Nach Fertigstellung des Manuskriptes konnte ich auf die Anmerkungen zahlreicher Testleser zurückgreifen: Andy, Christian, Dimi, Gionathan, Michaela, Santiago, Simona und Zeljka.

Ihr seid unbezahlbar!

Zu guter Letzt danke ich natürlich ganz besonders Ihnen – den Lesern! Für Sie ist dieses Buch entstanden. Auf Ihre Rückmeldungen, Rezensionen und Anmerkungen freue ich mich.

Daniel Morawek
Mannheim, November 2012
info@danielmorawek.de

2180579R00103

Printed in Germany
by Amazon Distribution
GmbH, Leipzig